# VELOZ SOLIDÃO

# VELOZ

# SOUZA SPINOLA

# SOLIDÃO

1ª edição

EDITORA RECORD
RIO DE JANEIRO • SÃO PAULO
2017

PARA TODOS OS SUPER-HERÓIS
E HEROÍNAS DAS VEREDAS VISÍVEIS
E INVISÍVEIS DA *ÓPERA SAMPA*

# ATO I

# ALTAR DE SANGUE NA MARGINAL

### ÓPERA SAMPA

**T**revas. Então uma luz dispara. Ouço vozes borbulhando detrás do cano de fuzis apontados para mim. Em coro perguntam: *"coméééteunome?"* Não sei. Não lembro. Tento apurar a vista: o cano que vejo não é uma arma. É um desses microfones usados por repórteres para fuzilar a boca de famosos em fuga e celebridades do bem e do mal. Posso estar sonhando. Estirado num palco no asfalto, mal vejo o capacete e um baú de moto tombada. Deve ser a minha. Forço a vista. Parece o nome da empresa onde trabalho: *Sampa – Delivery de Luxo.*

Coral e Grande Orquestra de câmeras e fuzis se afastam. Continuo sem poder mexer nem um dedo. Viro os olhos de novo e vejo uma nuvem enorme. O céu parece uma tela de TV garoando bênçãos, cinza e maldições.

Dor. Punhal perfurando a espinha. Acho que caí e apaguei. Quanto tempo fiquei assim? Não sei. Nada se encaixa. Sinto o cheiro da poça de sangue no altar armado num palco da Marginal. O zumbido que ouço vem de um disco voador flutuando lá em cima. Dança como uma abelha gigante com mil asas em giro lento, devagar, devagarzinho: zuumzuuumzuum. Extraterrestres batem boca discutindo se me devolvem à Terra ou se me levam de vez.

Trevas. Aos poucos, porém, a visão volta. Rosto de astronauta imobiliza meu pescoço e desliza o dedo de um lado para o outro. Talvez seja o arcanjo que mandei tatuar nas costas com a trombeta do Apocalipse e asas enormes. O nome dele é Metatron – anjo dos anjos, segundo disse meu avô, um italiano grandão e sábio. Talvez não seja anjo. Penso: "pode ser só uma enfermeira testando reflexos, vendo se acompanho o dedo". "Sangra muito mas tá consciente...", diz ela a outro arcanjo ou astronauta de pé, ao lado. Forço mais o olhar. Continuo lutando entre treva e luz até recalibrar o foco e a vista. Pronto. O palco é menos turvo. Vejo. Ouço. Não são astronautas. São paramédicos mesmo, com trajes brancos e cruzes vermelhas.

Big Bang. Luz total. Então era isso: a consciência renascia naquela manhã cor de cinza. Mesmo assim, só me lembrava do taaannn metálico que ouvi quando caí: ferro batendo contra ferro, faíscas de aço raspando o chão, voo, queda, punhal.

FOTO DO AUTOR

Esse é o quase fim da ópera de mais um motoboy tombado no palco das Marginais. Quer saber como acaba? Não me peça pra contar só alegrias neste libreto. Nunca esqueço a ironia numa voz vindo do rádio enquanto eu tomava o café da manhã correndo. No meio de notícias sobre ruas alagadas e estradas bloqueadas, a voz disse isto: "morrem dois motoboys em média por dia na cidade. Ontem três foram conversar com Papai do Céu. Mais um quase sobe hoje no Cebolão, perto da Ceasa."

Eu, você e todo mundo sabemos que existem tocaias armadas nos quatro cantos da cidade, à espera de alguém. No caminho do trabalho, ouvimos vozes voadoras da *Rádio Trânsito*, *CBN*, *Estadão* e outras, registrando ocorrências no palco do Rodoanel, Marginais, elevados, ruas.

O que você acha de mudar o tom da ópera? Motoboys e girls entram em cena como Anjos da Guarda e expulsam pra sempre os demônios da cidade. Prefeito patrocina moradores de rua fantasiados de Cinderela. Transformers Grafiteiros chegam para pintar muros com arco-íris e adoráveis turbulências coloridas. Trégua com matadores mascarados que invadem a TV e degolam homens ajoelhados em nome de Alá. *Jogos Vorazes* com soldados que atiram flores, em vez de balas. Ressurreição de todos os cadáveres do *The Walking Dead*. Black blocs meigos. Internet 4G sem limite de download. Nenhum SMS da operadora mexicana ou espanhola mentindo cruelmente:

*Créditoacabouemseupacotededados.*

Pronto. Sol tatuado na pele e no libreto dos desejos. Faunos e fadas dançam ao som de violinos ladinos no YouTube de uma Ópera Mágica sem limite de download. Quem não gostaria de conhecer o País das Maravilhas e o matemático que inventou o túnel de Alice?

Pensando bem, esse pode não ser seu caso. Ninguém liga rádio e TV pra saber se a Câmara dos Vereadores votou uma lei mandando desmantelar tocaias e congelar a mão de adolescentes drogados com dedo no gatilho. O criador de Alice nunca voltará à Terra para ser entrevistado por Bonner e Renata no *Jornal Nacional* e criticar a versão do País das Maravilhas da Disney.

Assim somos quase todos nós. Tatuamos o corpo com sóis e dragões, mas só lemos as primeiras páginas pra saber das bruxarias espalhadas por aí.

Tento ver melhor o palco e ouvir a orquestra. Quero saber quem está detrás da câmara, do coral e dos canos de fuzis apontados pra mim. Luzes disparam. Aos poucos enxergo melhor. Descubro um olho detrás de um fuzil. Tento entender o brilho desses olhos. Acho que vejo ferro frio ou faca amolada.

Agora sei. Eu não sou eu. Sou notícia de desastre. E você deve ser do tipo pé no chão. Amarra a reportagem nas quatro perguntas básicas das apostilas do curso de jornalismo da Cásper Líbero, PUC, USP: *o quê? quem? onde? quando?*

Lembra o clichê de mestre em comunicação que imitava um repórter famoso chamado Suzuki? Óculos enormes. Um tipo oriental. Um dia ele disse: a manchete não é "Acidente impede casamento no Morumbi". Aí não tem sangue. Não vende. A notícia é: "Noiva rica atropelada morre ao pé do altar." Entendi. Fui atropelado ao pé de um altar na Marginal e histórias de motoboys com uniformes cor-de-rosa caídos como anjos no asfalto não vendem. Não são super-heróis. Sem sangue não brilham no grande palco da cidade, e o que vejo no céu não é um disco voador: é o helicóptero Águia da Polícia Militar. Por isso vou mesmo chamar você de Ferro Frio ou Faca Amolada. Agora nos entendemos. Leio seus pensamentos:

*"Acorda, cara. Motoboys não são cavaleiros negros. É tudo operário e ninguém usa uniforme preto pensando que é o Batman. O preto só esconde sujeira, suor, lixo e a lama que espirra do asfalto alagado. E motoqueiro que usa touca ninja de vez em quando aparece na TV assaltando frentista ou gente da rua."*

Perfeito. Ninguém é o Batman – alguns são bandidos e o resto é operário poluidor de estatísticas de desastres. Não choram por mim quando morro. Choram só se sobreviver mutilado. Quem paga a conta dos inválidos no IAPAS? Mesmo assim, mesmo com esse olhar de ferro frio e sem esquecer o lixo boiando na lama das ruas alagadas, parece que você quer pular na minha garupa, continuar investigando e ler o libreto completo de minha ópera. Vejo a curiosidade crescendo. Vamos juntos.

Eu sou o raio que passa e some nas trilhas abertas entre carros na Raposo Tavares, Corredor Norte-Sul, Perimetrais, Marginais, Rebouças, Consolação, Giovanni Gronchi, Luis Inácio de Anhaia Mello, Aricanduva, Salim Farah Maluf, Tatuapé, Sapopemba e tantos lugares com nome esquisito. Suspeito que você quer mesmo saber tudo sobre o motoboy tombado na Marginal num dia de garoa.

Sampa – Delivery de Luxo – logotipo chique escrito em inglês no baú e no capacete. Cortaram meu uniforme pra estancar o sangramento provocado por um pedaço de ferro que entrou como punhal e passou perto da espinha. Você vê a pele bronzeada, tatuada, igual a um grafite nos paredões da cidade. Quem será o freguês desse dragão voador crucificado no asfalto?

Se for verdade que acendi mesmo sua curiosidade, vamos juntos. Pule na garupa. Aqui começa a aventura. Vou contar tudo que sei sobre um operário alado, cavaleiro da rosa dos ventos ou

simples motoboy paulistano conhecido como "Cachorrão", "Sampa", "Formigão", "Pluto" e outros apelidos cheirando a morte e ressurreição, tal e qual as águas do velho Tietê. Pode rir de mim se achar que vivo no mundo das fantasias, pensando que desembarquei de um disco voador no palco do Cebolão acompanhado por Metatron, o anjo dos anjos.

Leio de novo seus pensamentos: *"Pé no chão, cara. Volta pro mundo real. Helicópteros não são discos voadores. Arcanjos não saem da Bíblia pra tocar trombetas da Torah pra motoboys caídos no asfalto."*

Mas... espere aí. Espere um minuto. E se deixei você na dúvida? Será que sou somente mais um corpo crucificado num altar de sangue, perdido num mapa enorme, iluminado por holofotes cruéis?

Você já olhou bem pra esse mapa? Já levantou a ponta do véu e viu tudo que ele esconde? Acredite em mim, Faca Amolada: qualquer um pode cair em tocaias. Mas em verdade vos digo:

poucos são os que descobrem o muro das lamentações monstruosamente grande que divide cidades ao meio.

Você me lê porque desconfia de que eu sei onde fica o muro. Os portões dele só se abrem pra quem aprende a navegar no engarrafamento de máquinas e sonhos, ilusões, crises, guerras, fortunas, fome, misérias, amores novos, amores velhos, rostos, olhares, desejos perdidos pra sempre com alguém que some em estações de metrô da Zona Leste, paixões naufragadas em mansões dos Jardins ou em barracos incendiados por anjos maus em Paraisópolis.

Poucos descobrem as veredas invisíveis e os tesouros escondidos no mapa onde navego. Um ou outro entra no Hall da Fama cantando na estrada de Santos. Alguns vagam sem destino.

A esmagadora maioria cruza com passo rápido de operário o chão de fábrica das ruas, avenidas e atalhos. Todos parecem empreendedores. Uns vão a pé. Outros embarcam em terminais que levam de Santa Ifigênia a Santa Cecília, São Bento, São Mateus, São Joaquim, São Judas, Santo Amaro, Santo André, São Bernardo, São Caetano, São José dos Campos, São Miguel, São Vicente, Santa Bárbara e todos os santos e santas e bruxos e bruxas e demônios também. Quem aprende a pular o muro das lamentações costuma dar a essa cidade um nome agridoce, com cheiro de samba e ópera desconfiada. Café quente, robusto, cheiroso e frutado como o da Mogiana. Ou simplesmente fraco, sem origem nenhuma e requentado. Às vezes amargo:

Sampa.

# ATO II
# A NUVEM E OS DEMÔNIOS

## IN BOCCA AL LUPO

**C**oragem. Vejo que você desarmou por um minuto o olhar de ferro frio ou faca amolada e pulou na garupa da Night Rod. Consultou a analista sobre as bocas de lobo abertas por aí? Imagine. Faça de conta que caímos juntos numa tocaia. Fomos expulsos do paraíso. Trevas. Estamos parados, sangrando num altar no asfalto e somos odiados porque engarrafamos o trânsito. Ouve o ranger dos dentes e a raiva dos motoristas que passam?

Você já sabe: este não é o fim. É o quase fim de minha história. Se quiser saber como tudo começou fique aí na garupa e segure firme. Vamos rodar no passado. Escolha o uniforme de viagem: preto esconde suor e sujeira. Branco não esconde nada. Escolha também o lado em que quer ficar: se preferir olhar com cautela e à distância para o muro das lamentações que divide a cidade ao meio, vai ver muito pouco. Se correr o risco de pular o muro comigo, verá muito mais. Talvez ria. Talvez chore e se desespere com o silêncio eterno das pedras. Escolha rápido. Vamos começar:

Abra os olhos. Saia das trevas numa manhã qualquer. Veja a tela cinza chuviscando lá em cima do jeito que eu vi estirado no altar. Responda: o que é mesmo que está vendo? A telinha parece vazia? Olhe de novo. Descubra a nuvem.

No começo do dia, quando a madrugada acaba, a lua se esconde e o grande sol tatuado tenta furar fumaceiras, a nuvem começa a roncar. Dela descem mil vozes e retratos da vida em rádios e telinhas. Às vezes ela garoa e abençoa o verde das matas e plantações. Às vezes troveja e derrama labaredas de fogo, raios, maldições e arranca lágrimas de sangue.

Toda cidade tem uma nuvem e o libreto de sua ópera. A minha mistura marteladas de pedreiros, fumaceiro de fábricas, buzinas, sirenes, cantos de faxineiras e uma sequência doida de comédias, tragédias e banalidades do tipo preço do tomate e inflação, tempo, El Niño, âncoras em telinhas do *Bom Dia* falando em Marginais travadas e mais: estação Tatuapé da CPTM superlotada. Protestos na Band contra invasão da máfia chinesa de eletrônicos em galerias da Paulista. Coreanos dominando Santa Ifigênia e 25 de Março. Greves. Costureiras bolivianas escravizadas. Editorial do *Estadão*: Cemitério de fábricas no ABC. Gritos: até descascador de batata agora é *made in China*? Opinião na *Folha* contra e a favor de direitos sindicais. Brandimarte no *Valor*: buraco em Fundos de Pensão. Delatores na *Veja*: triplex de Lula, Dilma, PT, PMDB, PSDB, piratas

de olho caído na Petrobras. Corrupção na FIFA e na cúpula da CBF. Denguezicavírusmicrocefalia. Alguém pergunta na TV Cultura: algum dia haverá fuga em massa pra planetas habitáveis?

Tantas mensagens. Tonto, você cruza selvas de outdoors e quase sente o perfume sedutor e sabores do Friboi. Fátima Bernardes. Cozinha de Ana Maria Braga. Aposentadoria de luxo. Viaje com Roberto Carlos num transatlântico todo iluminado. Quebrou? Limpe o nome: use o crédito consignado on-line.

Você corre. Não para. Em busca de seu EGO, mergulha no WhatsAppFacebookTwitterHashtag e navega na espiral de todos os ti-ti-tis que rolam na tela transplanetária dos iPhones da Apple e clones asiáticos plugados no ouvido.

Livros fechados na estante lembram o passado. Não me confunda com um emoji. Me leia. O arcanjo, o Sol e os dragões podem não gostar de emojis e se vingar, derrubando você da garupa. Assim eles voam sozinhos em meu delírio, tomam conta da moto e apagam todas as luzes vermelhas acesas em meu libreto.

Anjos e dragões apocalípticos tatuados em minha pele são solidários. Não temem a solidão. Sangrando no asfalto, tento convencer os dragões a lhe dar outra chance. Quero abrir uma janela por onde você possa entrar e ler de onde vim, para onde vou e o que é real no mundo dos vaga-lumes do palco da cidade. Todos os que caem entram num túnel de sonhos e trevas. Alguns se perdem no meio de uma selva escura parecida com a da *Divina comédia*. Já ouviu falar? Dante Alighieri, o escritor da *Comédia*, inventou o Facebook do inferno séculos antes de Mark Zuckerberg, Steve Jobs e James Joyce. Nonno, meu avô italiano, lia os versos de Dante pra mim e meus irmãos ao pé da cama. Lembro até hoje o pavor da galera com as figuras que o Nonno mostrava. Minha irmã morria de pena de Dante.

Triste poeta. Tentou atravessar as nuvens do inferno acompanhado por Virgílio e descobrir a nuvem onde morava Beatriz, a musa perdida num Facebook de demônios antropófagos e canibais.

Inferno. Troque a *Galleria Dantesca* de 1861 por uma nuvem de números de acidentes no palco de Sampa. Tudo igual. Os demônios da *Divina comédia* nunca serão virtuais e um deles pode esperar por você numa tocaia armada sabe-se lá onde.

Um dia, cansado de ver desastres na TV, mudei de canal. Uma psicóloga dizia isto no *Roda Viva*: "gente... a vida é cada vez mais uma guerra que começa na nuvem." A psicóloga era o alvo de Facas Amoladas parecidas com o cachimbo de Sherlock Holmes de cabeça pra baixo: grandes pontos de interrogação. Mudei outra vez de canal.

Verão, a moça exuberante da propaganda de cerveja apareceu rebolando numa minissaia. Aquilo, sim, era real. Vai verão.

LÚCIFER
MANUSCRITO
ILUMINADO. C.1450-75
BIBLIOTECA
TRIVULZIANA, MILÃO

Vem verão. Ouvi dizer que seria censurada. Machos dominadores sonhavam com ela querendo levantar a minissaia e farejar lá embaixo. Animal. Esperei a volta de Verão, mas a censura ouviu as súplicas das senhoras pundonorosas e a mídia foi desconstruída. Sabe o que é pundonorosa? São grandes senhoras cheias de pudor e dominadoras. Nada de Devassa. Nada de atores globais querendo lamber a espuma das partes pudendas de Verão. Só almas dantescas e demônios rondando a nuvem da pureza angelical onde Beatriz foi morar. Todas as senhoras pundonorosas querem ser como Beatriz, com uma corte de demônios tatuados em redor. A tela congelou num Itaquerão vazio. Reportagem sobre guerra de gangues: Gaviões da Fiel *versus* Mancha Verde em estação da CPTM. Morte, violência no futebol e nostalgia: bons tempos aqueles do velho Pacaembu, quando avôs levavam netos pela mão e a galera do Palestra Itália dividia os bancos da geral com Corinthianos. Estendido no asfalto entendo agora o que a psicóloga quis dizer sobre trombetas de guerra tocando em nuvens dantescas. Os cachimbos da Roda Viva de Augusto Nunes comparavam estatísticas sobre mortes violentas. A tragédia da guerra não era só na Síria. Trombetas tocavam em Sampa também. E quem foi arrastado para a nuvem por algum demônio? EU.

Perdido na selva, um belo dia apelei para oráculos do Google tentando entender meu sonho, fantasia, guerra, realidade ou que nome tenha. Escrevi: *defina realidade*. Esperava uma resposta do tipo *realidade é isso ou aquilo*. Recebi milhões. A "realidade" era virtual e relativa na nuvem. Um oráculo gozador disse isto:

"Realidade é uma TV com controle remoto sem botão de volta. A bateria um dia acaba e a guerra continua."

Nada era tão fácil quanto transformar o cachimbo de Sherlock em ponto de interrogação. O controle remoto nunca colocaria Verão ou Beatriz na minha garupa. Demônios continuariam rondando as Marginais. Dentro da selva selvagem de uma nuvem, algum dia minha bateria ia acabar. E trombetas de guerra de vez em quando tocariam entre o céu e a terra.

# ATO III

# MURO DAS LAMENTAÇÕES

## INTROIBO AD ALTARE DEI

**I**mobilizado no asfalto à espera de uma ambulância, ouvi um repórter pedindo ao agente da CET para mudar a posição de meu capacete. Alguma página policial tipo *espreme que sai sangue* queria melhorar a cena no palco. A logomarca do capacete devia ficar bem perto da poça vermelha. Só assim iria transmitir o drama.

Pronto, maestro. A ópera teria a abertura majestosa das velhas missas em latim: *Introibo ad Altare Dei.* Nada de motoboy acidentado. Isso não vende mais. Seria *Motoqueiro de luxo sangra no asfalto e é introduzido no altar de Deus.* A marcha fúnebre de Mozart cantada no padrão poderoso dos videogames daria o toque final: *Dias irae, Dies Illa, solvet saecula in favilla.* Isto, sim, seria a manchete de um libreto capaz de refletir o dia da ira celeste e dos séculos que se dissolvem em cinzas.

Trevas. Depois luz. Não era sonho.

"SeunooomeéééSampa? Você é o Cachorrão da Delivery de Luxo?"

Você já sabe: Sampa, Cachorrão, Formigão, eram os apelidos que ganhei na patota dos motoboys. Sem poder falar, lembrei de um filme da Segunda Guerra Mundial em que um soldado telegrafa "sim" ou "não" com as pálpebras, em Código Morse. Pisquei respondendo "sim".

Só as pálpebras mexiam naquela manhã cinzenta, com a Marginal coberta pela fumaça do diesel queimado e bocas de lobo exalando o bafo do esgoto assassino das águas do Tietê e Pinheiros. Garoa, nuvem lacrimejando, trem da CPTM passando ao longe. Plataformas cheias, imagino. Formigueiro. Perfume de repelente de mosquito na estação da Hebraica lotada. Microcefalia. Bebês brasileiros iam regredir e virar macacos? Painéis informando sobre o ramal Santo Amaro-Capão Redondo. Linha livre depois da retirada de árvore tombada no trecho Grajaú-Osasco etc. Linha Amarela OK. Tela cinza outra vez. Ruídos tipo zzzzz quando a TV dá pau.

Luz. Minha cabeça saía das trevas. Dava pra perceber que tudo continuava igual no céu. Menos o olho das câmeras e os fuzis dos microfones apontando pra minha boca. Devia ser real. Eu não era a selfie de um cavaleiro negro com asas azuis de borboleta montado num unicórnio no papel de deus pagão dos mananciais da Cantareira, Billings e Guarapiranga.

Mesmo não sendo um famoso fugindo da boca dos fuzis e do olho das câmeras, todos pareciam muito entusiasmados com a figura fuzilada: EU. Pensei: será que sou alguma celebridade flagrada com a prova fatal do crime? Bem podia ser um elo importante numa daquelas operações da PF sobre o assalto da Petrobras com nomes engraçados, tipo Pixuleco. Tesoureiros de partidos políticos com ganchos de pirata. Chefias algemadas caminhando para o xadrez com mãos para trás galhofando no palco de seus assaltos. Todos com asas brancas produzidas pelo mais milionário dos marqueteiros.

Minha cabeça ainda rodava e as ideias se misturavam, mas uma coisa era clara: nenhum marqueteiro veio me ajudar a enfrentar o pelotão de fuzilamento. O Céu não tinha vaga pra motoboys sem marqueteiro, e minha cabeça dizia:

*"Issonãooéésoonho."*

Olhando para a tela cinza lá em cima, tudo o que eu mais queria era mudar o canal. Algum blog gozador devia saber como ativar botões de comando de volta à Terra antes das trevas, mas a realidade era a maca onde me levavam amarrado. Nem um dedo mexia. Dor. Punhal na espinha. Nenhum botão de volta iria mudar a cena da telinha. Mesmo assim, e mesmo com todas as dores do mundo, era bom sair das trevas e voltar ao planeta Terra.

A luz vermelha de uma câmera virada pra mim piscava. Vi uma repórter gritando, lutando com o sinal fraco do celular. Faca Amolada falava com alguma âncora famosa no outro lado da linha.

"... é isso aí, Dani. O cara deve ser o mesmo da história das maquininhas da máfia do cartão de crédito. Perguntei se era o motoboy da Sampa. Virou o olho pra mim e piscou. Telegrafou 'sim' em Morse."

Antes de desligar o celular a repórter sorriu feliz. Devia ter recebido ao vivo um elogio da chefia, tipo "menina, você é um gênio. Sabe até decifrar respostas em Código Morse em pálpebra de motoboy".

Virei os olhos de lado, vi o fuzil com o logo da Globo e outra Faca Amolada contando a mesma história: "é isso aí, Rodrigo. Tá telegrafando com a pálpebra. É aquele da máfia dos cartões de crédito que saiu da cadeia com um *habeas corpus* e ninguém mais viu."

Finalmente reencontrei todo o fio da meada: eu era o motoboy do caso da máfia dos cartões de crédito clonados, preso em flagrante por causa da carga transportada. Agentes da CET deram um chega pra lá no fotógrafo que insistia em fabricar ângulos especiais. Agora só se ouvia o corte agudo da sirene de uma ambulância. Trombetas. Luzes vermelhas girando, motos da CET, zum-zum-zum de policiais apitando, dando socos no ar, desviando o tráfego. Definitivamente eu era a estrela do libreto, gozando meus 15 minutos de glória e fama no palco.

Um motorista que atravessou o funil armado pela turma da CET olhou com cara de chacal para a maca onde me carregavam. Espichou a cabeça pra fora da janela tanto quanto pôde, xingou e cuspiu com dentes caninos escancarados antes de acelerar e sumir: "puto... motoqueiros putos... Perdi meu dia nessa pô de engarrafamento... Morra..."

*Agnus Dei qui tollis pacata mundi, miserere nobis.* O cordeiro de Deus que tira os pecados do mundo não teve misericórdia de mim. Não morri em meu altar de glória ao som do Réquiem em latim adaptado para videogames. Não conquistei a fama como mais um operário que cai na contramão atrapalhando o tráfego. Nem virei letra de samba tocado nos cafés da Livraria Da Vila e da Cultura.

Se o enredo em meu libreto não se encaixa no café dos intelectuais, filmes da Disney, Jogos de Guerra ou Lei Rouanet, então é o quê? Talvez não passe do retrato de mais um livre atirador vestido de negro que tomba no asfalto da cidade grande. Realidade tão nua e crua quanto as estatísticas digitais que caem das nuvens de guerra na Roda Viva urbana.

Trevas. Olhe de novo. Olhe outra vez. Por mais frio e amolado que seja seu olhar, talvez não tenha visto tudo. Você nunca vai descobrir demônios no GPS ou MapLink. GPS não tem olfato. Não sabe farejar tocaias ou sentir o perfume da alma da cidade cheia de músicas, temperos, sabores e ciladas plantadas no asfalto.

Acredite em mim, Faca Amolada: só um olfato animal e um olhar como o do falcão tatuado em minha pele, movido pelo instinto ou por algum tipo de fé, poderiam ajudar você a descobrir as veredas invisíveis que atravessam o muro das lamentações.

Era outono e os calendários tinham parado no mês de abril. Qualidade do ar: péssima. Caras. Tudo rolando ao vivo. Band. Record. Jovem Pan. Alexandre no *Bom Dia Brasil* da Globo. Nuvens de gigabytes no instante em que me estatelei no asfalto. Será que eu era mesmo uma estrela da ópera dos fugitivos famosos?

Moça da meteorologia na TV. Vambora, vambora, olha a hora na rádio *Jovem Pan*, lembrando os tempos do velho Vieira de Mello. Nonno, meu avô italiano, sempre resmungava dizendo que a tecnologia devia parar de matar a alma do tempo. O verdadeiro tempo é como a gota de orvalho da música famosa: cai feito lágrima de amor ou de dor. Agora tudo é previsível. Segundo ele, o único tempo que tem graça é o da Surpresa, Solidariedade ou Solidão.

O Nonno ligava a Jovem Pan olhando para o retrovisor e pensando que ainda ouvia a rádio do velho Vieira de Mello, quando um cara com voz sinistra anunciava chuvas e trovoadas:

Tarcísio Vernisi, o *Homem do Tempo*. "Aquele, sim, tinha voz de aguaceiro de mau caráter", dizia meu avô. Ele achava que as meninas falam com tanto charme e exatidão meteorológica sobre furacões e "chuvicas", que a garoa e o chuvisco chato, mas verdadeiro, se aposentaram. Em vez de olhar pro mapa, os homens olham pro bumbum delas. Nuvens parecem chantily, furacão vira "tornado" e tudo é cientificamente sexy.

Minha mãe mexia com meu avô chamando ele de velho tarado. Meu pai (que eu e meus irmãos chamávamos de Babbo por causa do passado italiano da família) se divertia com o Nonno. Dizia que Maria Júlia Coutinho era bem real. Só chegou lá graças à exatidão científica das previsões dos supercomputadores. O problema não era o olhar cândido do âncora para a moça do tempo da Globo: era o olhar de cada um. O que você quer mesmo ver na tela? O que é real?

Trovoadas à tarde e mais um acidente com motoqueiro na Marginal do Tietê. Quase todo dia no *SPTV*, Tramontina tem de engolir em seco lendo boletins com estatísticas de motoqueiros mortos. Carlos Nascimento faz força pra transformar o sorriso eterno em jiló. Raquel Sheherazade tenta derramar uma lágrima furtiva na Record.

A realidade é um grito sem direito a escolher o lugar de onde virá o eco.

Você já conhece o conflito entre as estatísticas de engarrafamento da CET e da Rádio Trânsito: 100 quilômetros segundo a CET, 300, segundo Ximenes, Florenzano, Calderari, Weynne Eirado ou o MapLink.

Tudo parado na Marginal do Tietê e no Rodoanel. Ninguém anda na Salim Farah Maluf, dizem eles.

Carretas e veículos congestionam eternamente a Serra do Cafezal na BR-116. Ouvinte relata um prodígio: tráfego bom pela Anchieta-Imigrantes depois do pedágio.

FOTO DE
RENATA SOLDATO

O baú do motoboy que passa só tem espaço para o eco de uma única palavra. Basta essa para definir o nome da realidade que consegue chegar a um ouvido dentro de um capacete de aço: LOKA.

Agora você já sabe um pouco mais sobre mim. E lá vou eu, motoboy da Sampa – Delivery de Luxo, amarrado em meu altar: a maca empurrada pelos enfermeiros. O sangramento foi estancado, mas ainda me sinto como um extraterrestre caído de um disco voador com partes do corpo dormentes. Talvez tenha trincado alguma vértebra. Dor sinistra e constante. Parece um punhal furando a espinha entrando sem parar.

Inferno ou purgatório? Aonde vai a maca? Quer saber o nome do grande amor de minha vida? Sou vilão ou sou herói? Quer deixar que desarme seu olhar, excite seu olfato, tire o GPS de sua mão e, se algum dia voltar a pilotar, leve você na garupa de uma Harley Night Rod toda alada, toda negra?

Que tal pular o muro das lamentações e atravessar voando os engarrafamentos dos sonhos e corredores de ódios e amores novos, e amores velhos e amores perdidos para sempre na periferia e nas águas que rolam nos velhos rios da cidade?

# ATO IV

# ÓPERA SAMPA E CARA DE TODOMUNDO

## VOZ DE BARÍTONO BAIXO. LEITMOTIV

**P**ronto. Você se convenceu de que usando o olfato pode descobrir veredas invisíveis no Google Maps ou GPS. Por isso resolveu continuar na garupa do piloto de um rocinante com rodas no lugar de patas. Vejo lampejos de paixão, lembranças de vitórias e derrotas, algumas amarguras e sonhos românticos escondidos lá no fundo de seus olhos. Não vejo medo. Só o ferro frio sugerindo cautela: vai devagar, cara. Certo. Consulte de novo a analista. Pode ser mesmo uma ideia meio "Loka" pular na garupa de um motoboy que diz que sabe onde a cidade é dividida ao meio por um muro das lamentações.

A curiosidade venceu o medo. Você quer ver o muro e decifrar o silêncio dele. Quer saber como se misturam lendas, fatos, fantasmas, anjos do mal e do bem no palco da cidade. Não vai fechar os olhos quando a soprano de Cotia esquartejar o marido japonês e distribuir os pedaços do cadáver nas estradas de Cotia, cantando em dueto com o estuprador da clínica de fertilização. Nem vai sair por aí pregando o fim do cafezinho de botequim só porque a moça do Nespresso no Shopping Higienópolis diz que transforma você em George Clooney ou na namorada dele. Vejo que quer encarar quem se encharca na cachaça ou bebe a Brahma bem gelada. Sentir o bafo da galera da Gaviões da Fiel e Mancha Verde. Entender por que uns vão de Mercedes e SUVs asiáticos e outros se espremem no metrô. E quando a luz das estações voar lá fora você não vai descer só por causa do frenesi de unhas desesperadas ao seu lado clicando na telinha de celulares. Tantas mensagens. Alguns riem calados. Outros choram em vão. Vejo que você quer entender tudo e saber mais ainda. Quer descobrir por que uns degustam *Châteaux Margaux* comendo picanha maturada e outros só comem buchada ou nada e nascem na rua e morrem como indigentes.

A noite será suave nos lençóis de seda de Alphaville e da Chácara Flora e cruel no colchão de asfalto na Cracolândia.

Sei que o fuzil de sua câmera aponta pra tudo isso, mas de repente descobre que a foto sozinha já não basta. O que você quer, agora, é decifrar a alma monumental da *Ópera Sampa* encenada dia após dia, noite após noite, num palco onde dramas alegres e cheios de bufões se misturam com oratórios fúnebres. Funkeiros ensaiam duetos com primas-donas, e descompasso às vezes é compasso.

Tento alcançar o fundo de seus olhos e dizer: não se decifra o ritmo da metamorfose de um samba. Perceba. Não ouça compassos. Sinta. Não procure o Scala de Milão ou a Broadway no Sambódromo. Desperte um instinto cabalístico na alma e perceba como tudo morre e tudo renasce no útero misterioso da mãe natureza e vive um minuto ou uma eternidade. E soa como sinfonia ou samba malemolente, canção de ninar, grito de gol ou de guerra. Fúria sem horror. Tudo e nada.

Se quiser ir adiante e ouvir o coral verdadeiro da *Ópera Sampa*, venha comigo. Descubra porque às vezes você vê, às vezes não vê mais quem dança nesse palco. Tudo se dissolve. O que sorri não sorri. Ouve o tiro? Não tente ver a bala perdida. Ouça o grito. Não me olhe. Veja. Ame ou Odeie. Perceba a forma e o

cheiro animal de minha caricatura. Nonno, meu avô italiano que sabia das coisas, dizia que ela é tão óbvia e misteriosa no lume do Tietê quanto as máscaras que flutuam no velho Tiffey de Dublin, no mar dos Mercadores de Veneza ou nos ventos que movem moinhos em La Mancha.

Quixotes, Mercadores de Veneza e Plurabelles são velhas figuras lapidadas em inglês e espanhol. Grudaram nas cabeças e têm cadeiras cativas nas páginas de cultura da *Veja*, *Folha*, *Globo*, *Estadão*. Eu, não. Olhe bem pra mim. Olhe de novo. Não fui lapidado por Shakespeare nem Cervantes, Picasso ou Joyce. Agora você me vê. Agora não me vê mais. Quem sou EU? Eu sou a alma da cidade inventada por você e TodoMundo. Não sou um círculo de giz caucasiano, brechtiano. Queimadas, foices e machados assassinos rasgaram ao longo de quatro séculos o verde ventre da mata atlântica e me geraram. Posso ser visto como o Cachorrão que passa com sua máscara negra. Retrato de caipira enrolando cigarro de palha

FOTO DO AUTOR

na Pinacoteca. Bandeirante gigante em Santo Amaro. Barco de pedra no Ibirapuera cheio de brancos colonos portugueses, negros e índios remando em ondas de asfalto. De repente navego na pedra. De repente não navego mais. Eu sou você e TodoMundo.

Sabe como é: também existiram artistas que ajudaram a plantar o traço de meu perfil e de minha alma na imaginação de TodoMundo. Tudo foi escrito na última flor do Lácio inculta e bela com urucum e tintas nativas ou passou de boca em boca. Claro. O guarani também canta em italiano. Por isso dizem que caricaturas são mais realistas que retratos. Tente decifrar o sorriso de Mona Lisa! Pobre Mona. Ninguém precisa abrir aqueles lábios. Há sorrisos na TV.

Quanto a mim – EU, eu mesmo, ganhei os apelidos de Cachorrão, Sampa ou Formigão no meio da galera dos motoboys porque era grande, alto e meio desengonçado. Achavam que parecia com aquele ator global, o Gianecchini, se fosse marombado como o Cauã. A galera dizia que meu perfil lembrava o mapa de Sampa. Se nunca olhou bem, olhe de novo e descubra o que você e TodoMundo desenharam no verde ventre da mata ao longo dos séculos. Alguns com olhos bem fechados. Milhões

FOTO DO AUTOR

com olhos bem abertos e machados cruéis na mão. Se embrenhe na mata, pule o muro das lamentações, sinta o cheiro da terra roxa. Desenhe um olhão ao lado da Zona Leste e um focinho com uma pitada de ironia. Espiche orelhas na Zona Norte e um pescoção correndo em Parelheiros, a região estuprada dos mananciais. Pronto: você inventou a caricatura de Sampa: macho ou fêmea dominadores. Shekiná ou Metatron. Fruto de cabalas desengonçadas. Reprodutores ferozes, às vezes limpos, às vezes sujos, sempre muito elegantes.

Vai ser difícil fugir da realidade: TodoMundo e você também no formigueiro de pobres e ricos, anônimos ou celebridades domaram rios, derrubaram matas, desbravaram a terra preta, espalharam barracos, casarões e espigões e construíram essa imagem em concreto armado e aço.

Os abonados de férias na Disneylândia podem achar que a cara do mapa é plágio de Pluto ou Pateta ou Scooby Doo. Ou Bruno, o bloodhound condecorado na Câmara dos Vereadores porque farejou o sangue de um gringo morto e ajudou a PM a achar o assassino. A estrela da *Ópera Sampa* e do libreto dos motoboys não deve nada a esses famosos. Nunca foi celebridade

nem visitou a Disneylândia. O Cachorrão é só o traço e a alma do mapa que você vê antes de sair pra trabalhar, ou simplesmente navega nas telinhas tentando saber onde tem boca de lobo aberta e rotas alternativas. A caricatura desse animal imaginário só é visível para quem fala o dialeto das fantasias urbanas e descobre como embarcar e desembarcar em estações com nomes tão simplórios quanto M'Boi Mirim, Tatuapé, Itaquera, Capão Redondo, Água Funda ou Valo Velho. Todas as plataformas têm uma placa de parada invisível. Nela está escrito: *"muro das lamentações"*.

Ninguém tem o direito de patentear a criatura que TodoMundo gerou: bandeirantes, índios, você, eu e imigrantes de todas as raças desenhamos o perfil dessa espécie grande, de latido rouco e poliglota, fiel a vários deuses, macho ou fêmea, voraz, meio cômico, meio trágico, trapalhão, cheiroso e de pelo escovado comendo o filé de 15 reais das madames no Morumbi. Ou faminto e fedorento trotando no engarrafamento dos cães da periferia. Caçador de vitórias eventuais. Sempre muito ágil, criativo, forte, cheio de sorrisos e iniciativas tão destrambelhadas quanto elegantes.

O perfil do mapa de Sampa lembra esse Cachorrão e a mim também, e dentro dele cabem outros perfis e clichês, como o da turma que desfila nos corredores engarrafados pilotando CBs125: braços esticados, pernas curtas enganchadas em cilindros quentes, pés trabalhando como alicates alternando entre as alavancas do freio da roda traseira e a troca de marchas.

Estes são a maioria fumegante. Talvez estejam mais perto do mundo real. EU, eu mesmo, sou a caricatura. Perco o equilíbrio nas 125. Essas máquinas foram inventadas por japoneses. Nordestinos e paulistanos adoram. São pilotos parrudos, tipo Buldogue, Basset salsicha, Samurai. Meu esqueleto vem de outras bandas. Nem melhores nem piores: imigrantes do Mediterrâneo, fantasmas de Espártaco. Gladiadores fugidos da guerra e miséria europeia pra trabalhar em fazendas de barões do café, quando o Brasil parecia o Eldorado, num século que se foi.

Outra gente. Outros DNAs. Todos muito ativos no meio da galera de artistas que desenharam o mapa onde você navega. Por

isso a patota dos motoboys da Sampa – Delivery de Luxo, olha pra mim do alto das 125 e tira um sarro.

Dizem que eu devia cantar ópera ou tango argentino, criar costeletas, deixar crescer o cabelo como Cristo ou alguma estrela do Rock in Rio. Imitar Carlos Gardel. Faturar como Nelson Gonçalves cantando na noite de Sampa "Mi Buenos Aires Querido" e "El Dia Que Me Quieras". Ia bombar nas redes sociais.

Nunca pensei em cantar ópera ou virar outro Nelson Gonçalves. Minha pele puxou ao bronze nordestino de minha mãe e não ao marfim de meu pai. Nunca usei costeleta nem brilhantina no cabelo. Gianechini e Gardel são esbeltos, eu sou marombado. Nasci e cresci simplesmente assim, ou pelo menos assim dizem

que sou: comprido demais pra rodar em bando nas 125 que degolam a orelha do retrovisor da madame distraída quando fecha o corredor na 9 de Julho. Outros chutam a lataria da Chefia que muda de pista sem pisca-pisca pilotando BMWs, Unos, Gols, Renaults, Mercedes, Fiestas, Chevrolets e tudo o mais. Faço parte da tribo que enfurece grã-finos e madames, mas definitivamente não sou buldogue nem Basset salsicha. Sou grandão e piloto uma Night Rod e, nunca chutei latarias nem degolei retrovisores de Excelências. Acho feio. Acaba com a imagem do Cavaleiro.

Logo logo você vai saber como, e por que, uma Harley Davidson entra numa história de motoboys. Esqueça isso por enquanto. Sou só um motoboy. Lembre: a patota às vezes me chama de Cachorrão, às vezes de Sampa e até de Scooby Doo.

A jornalista que ainda radiografa meu corpo esticado no altar do asfalto parece saber mais sobre mim que eu mesmo. Imagino que é a moça da TV com nome de pintura de Leonardo Da Vinci. Nada contra Monalisa. Talvez ache que sou mesmo o motoqueiro flagrado transportando maquininhas de clonagem de cartões de crédito. Histórias desse tipo entram até no jornal do Boechat e da bela Paloma, no meio de notícias sobre corrupção e bandidagem. Dessas que fazem sobrancelhas pular ouvindo a Voz:

"Semáforos apagam outra vez em túnel: gangues roubam fios repostos na semana passada. Furtos passam de mil quilômetros por ano, mais que uma ida e volta Rio-São Paulo."

Ouvinte pergunta ao vivo: "Então tá tudo dominado? E a máfia da clonagem das maquininhas de cartões de crédito? Que fim levou?"

A máfia das maquininhas evaporou no ar e saiu do noticiário. Quem pagou o pato fui eu, o motoboy de Sampa que tombou na Marginal num dia vulgar, comum e cor de cinza.

Quer continuar me investigando? Quer olhar por trás da máscara e descobrir finalmente se o Cachorrão é do bem ou do mal? Aha! Se você só tiver ferro frio no olhar é melhor ficar com os registros das ocorrências policiais. Se quiser continuar pulando o muro mágico, investigar as almas e ver veredas invisíveis, então venha comigo. Não ache que falo demais. Minha história se mistura com a caricatura da cidade. E a ópera cabalística encenada por TodoMundo tem mais de quatrocentos anos e é cheia de fábulas. Agora você vê. Agora não vê mais.

Se continuar na minha garupa vamos começar rodando em alamedas cheias de ipês e jacarandás mimosos. Quer saber por quê? Vou dizer. Já olhou bem algum dia para um jacarandá florido nas ruas de um bairro chamado Higienópolis? Alguns são assassinados devagar, lentamente, aos poucos, por cupins que comem como câncer a medula dos troncos.

De vez em quando desaba um. Morre de morte lenta, roído na alma. Ou então, nas trovoadas de verão, fulminado por raios. Ipês são de ferro e sobrevivem mais. Quando a cidade canta *"Oh, estão chegando as flores..."* os sobreviventes respondem e reabrem suas copas numa explosão gloriosa, uns na primavera, outros no inverno.

Todos parecem tão eternos e gloriosos quanto os gritos de guerra da galera no Pacaembu em dias de grandes jogos. Sombreiam majestosos as ruas de bairros nobres ou pobres da periferia. Todos exibem o prazer de quem saboreia a fertilidade da terra roxa onde nasceram. Em Higienópolis eles falam dialetos próprios e aos sábados parece que entendem hebraico. De quando em quando um judeu ortodoxo todo vestido de preto e com cordões amarrados na cintura, cachos caindo sobre as orelhas e chapéu de aba larga, passa por perto e olha deslumbrado para as flores.

Alguns param e rezam. E é como se só os dois soubessem a linguagem das flores, da eternidade, de Metatron, de Shekiná e todos os anjos do Apocalipse. Um selvagem nascido na mata atlântica e um judeu com a Torá na mão. Dupla estranha, essa, mas real. Tão real quanto o quarto crescente da Lua que de tempos em tempos escala o perfil dos espigões de concreto no horizonte do centro velho, lembrando um símbolo de Alá. E desfila como tatuagem quase luminosa num céu cheio de estrelas vivas e mortas, galáxias invisíveis e monstruosos buracos negros onde os demônios do terror se escondem.

O fato é que ano após ano as flores voltam nos ipês e quaresmeiras e nos jacarandás mimosos, ignorando o nome do bairro, os raios, o horror, quem reza, quem não reza, quem cura o câncer no Einstein e no Sírio, ou definha em camas duras nos corredores de hospitais suburbanos. Tamanha indiferença talvez seja uma forma vegetal de paixão pela eternidade e TodoMundo que inventou a caricatura de Sampa. Alguns apagam em leitos dourados. Outros devem apagar na rua mesmo. Outros serão fulminados pela cólera dos raios e maldições que caem no paraíso perdido. E todos vão para algum ponto na eternidade e sobem no meio de rituais de ressurreição escritas com letras da Torá, ou do esquecimento perpétuo.

Sei, Faca Amolada, que você não gosta de divagações. É verdade. Elas resvalam com facilidade para lugares-comuns e meu libreto pode parecer com uma bula de medicamento genérico.

Se é isso que você acha, esqueça os arcanjos, dragões e fantasias sobre jacarandás mimosos. Ignore os políticos que algum dia foram operários, e agora tratam seu câncer em hospitais de cinco estrelas. Faça de conta que nada disso existe. A história real deste motoboy é outra. Ela não tem uma abertura olímpica nem começa como a Missa Brevis de Mozart em latim. Começa num dia qualquer de semana com um fuzil real apontado pra cabeça do motoboy da Sampa – Delivery de Luxo em plena Marginal Pinheiros.

Sobrevivi tal e qual um ipê de ferro, mas tive de pagar um preço alto. Tive de atravessar uma estrada esburacada, cheia de demônios iguais aos do Facebook da *Divina comédia* de Dante.

Fui empurrado pro meio da selva escura por um acidente e várias circunstâncias. É uma história comprida, com a água suja e cruel das trovoadas de verão transbordando em ruas e veredas.

Quer ouvir? Prometo que daqui em diante vou seguir a regra de ouro da chefia da reportagem: o quê, quem, quando, onde? Juro que vou contar como foi que o Cachorrão entrou no palco sem complicar demais o libreto desta ópera.

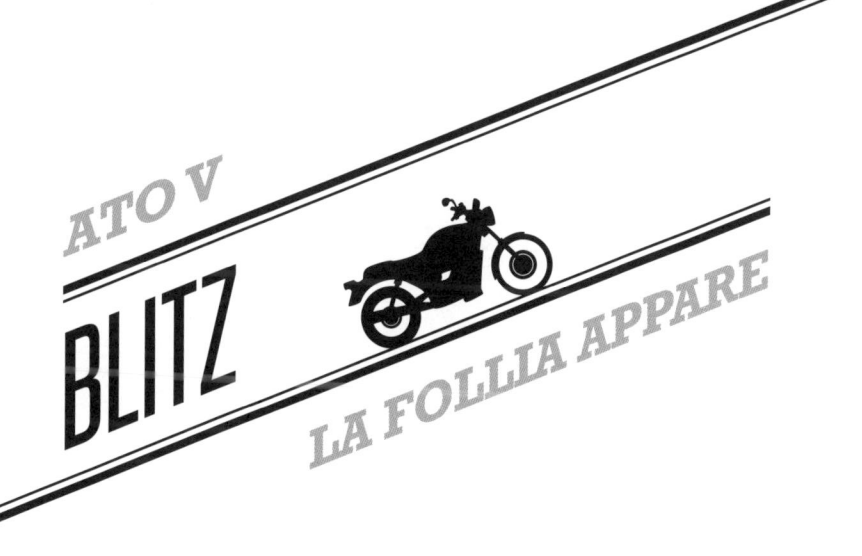

# ATO V

# BLITZ

## LA FOLLIA APPARE

**V**i a máscara da loucura aparecer pela primeira vez no palco muito tempo antes daquele acidente na Marginal. Bruxas e demônios me empurraram para a tocaia. Foi assim:

Num dia mais engarrafado que os outros lá ia eu voando baixo, pilotando a Harley da Sampa – Delivery de Luxo. Pauleira. Tinha de fazer uma entrega importante em Cumbica com hora marcada. Fui cercado por baterias de motos e carros da PM perto do Cebolão:

"Paraí, paraí, pô. Paraí, senão morre."

Sirenes. Luzes vermelhas. Canos de descarga roncando. Motos de PMs zumbindo como marimbondos. Cães arreganhando dentes vieram me farejar. Mandaram descer com mãos na cabeça. Era uma blitz contra traficantes, carga roubada, sei lá o quê. Complicando ainda mais, tinha manifestação política na frente. Gritaria, faixas, pneus queimando. Vi outros motoqueiros parados, enfileirados, calças caindo abaixo da cintura de peles negras e brancas, mãos na nuca. Tráfego interrompido nas Marginais, Rodoanel, Imigrantes, Regis, Radial Leste, Raposo. Rolo sujo e diário quase igual a espinhas pipocando em cara de adolescente do tipo que espreme cravo com a unha, se olha toda hora no espelho e

limpa a mão nas calças. Cheiro de esgoto a céu aberto, capivaras atropeladas e tudo o mais que apodrece ligeiro no calor do verão.

PMs pediram documentos. Queriam ver a nota fiscal da carga e foi aí que me toquei. *Tô ferrado*, pensei. Não tinha nota. Pastores vieram me farejar de novo.

"Pode ser droga...", disse um PM, traduzindo como quis o faro e as rugas rápidas repetidas no focinho do cão. Mandaram abrir o cofre na garupa da moto. Expliquei que o remetente entregou uma caixa selada pagando frete adiantado. Disse que eram antiguidades: relógios velhos e obras de arte sacra. Acreditei.

Falei que as peças vieram do Rio pra reparo e tinham de ser entregues com urgência ao portador, que me esperava no embarque em Cumbica. Tinha hora de voo marcada pro Galeão. Pediram um trabalho carinhoso exigindo a entrega na hora certa. Assinei um boleto. Disse que ia perder o portador e pagar multa se me segurassem ali. Era só o que sabia. Tentei explicar que era impossível pedir nota fiscal pra tudo que um motoboy transporta. Se fosse assim, ninguém levava nada e a cidade parava.

O helicóptero Águia batia as asas lá em cima. Garoava. Soprava um ar de guerra cá embaixo. O PM não ouviu ou fez de conta que não ouviu nada que eu disse. Um deles já tinha interpretado como quis as rugas repetidas no focinho farejador do cão.

O lacre foi rasgado e a carga era bem diferente do que eu tinha falado: eram maquininhas eletrônicas pra passar cartão de crédito ou débito. O sargento que comandava a patrulha falou pelo rádio com a chefia.

Quando desligou, olhou pra mim com um ar maroto. Enquanto me algemava soltou uma gostosa gargalhada. Virou pro resto da tropa rindo do ar de idiota estampado em minha cara e disse:

"Olhaí galera: maquininha de clonagem de cartão de crédito e lavagem de dinheiro agora é obra de arte sacra."

Empurraram minha cabeça pra baixo e me enfiaram na traseira de um camburão. Saíram voando com fuzis-metralhadoras embalados e canos pra fora das janelas. Pararam no endereço que dei, perto da Berrini, onde peguei a carga. Era uma espécie de oficina pequena ou lojinha ao lado de um espigão. Jurei que foi lá, naquela porta, que recebi a caixa de uma pessoa que não estava mais lá. Os PMs armaram o circo. Entraram. Vasculharam. Depois de alguns minutos o sargentão voltou furioso:

"Isso aqui é uma alfaiataria. Ninguém te entregou nada. Tá mentindo, cara. Pisou feio na bola. Tá ferrado."

# ATO VI

# SORRINDO DA ARMADILHA

## IMPROMPTU

Então me ferraram mesmo. Fui preso. A família contratou um advogado que pediu um *habeas corpus* e o direito de me defender em liberdade. Afinal de contas, eu era só o entregador de uma caixa lacrada e não tinha antecedentes criminais.

Nesse ponto começa minha guerra para voltar ao mundo real. Era fácil: bastava descobrir o que era o mundo real depois de ser algemado sem culpa e jogado num palco armado pelo diabo.

Tentando desesperadamente voltar ao que achava que era esse mundo, vi e entendi pela primeira vez a ironia no sorriso da caricatura que o mapa esconde. Agora você vê. Agora não vê mais. O mapa do Cachorrão se divertia com minha surpresa por ter caído numa tocaia pior do que mancha de óleo no asfalto, prego em tábua, boca de lobo aberta e tantas outras armadilhas espalhadas pelas ruas, estradas, túneis, viadutos, Marginais.

Vai precisar respirar o bafo da estufa do asfalto liso e ruas esburacadas. Terá de escutar o som estourado que vem de carangas com maestros surdos pilotando desfiles de funkeiros imaginários. Terá de ouvir os motores de todos os dias e todas as noites, suar no verão e tiritar nos invernos frios.

Vai atravessar o tempo do El Niño que ora seca, ora faz transbordar a Cantareira e a Guarapiranga e a Billings e outros mananciais. Terá de descobrir como funcionam controles remotos sem botões, com pilhas que um dia acabam e fazem a nuvem sumir. *Click*. Tudo apaga.

Trevas e luz. Tudo é muito real e irreal nesse mapa imaginário parecido com a cabeça e o pescoço de um cachorrão. E todo cachorrão assustado pela meteorologia tenta defender seu copinho d'água onde houver. E vai comprar peças e acessórios nas transversais da Barão de Limeira, perto da redação da *Folha* e dos cachimbos investigativos da família dos Frias que circulam pelos arredores.

Todos fogem dos córregos que transbordam no tempo das trovoadas e do olho cruel dos radares. Desacelere. Fiscalização Eletrônica de Velocidade. Teste o caráter quando a marca do radar no asfalto ficar pra trás. O que você faz? Fica no limite recomendado ou acelera? Corredores de Ônibus. Taxistas em guerra com Uber. Faixas de bicicleta. Reduza a 40. Luz vermelha. Pare. Olhe. Pô. Placa escondida da indústria de multas. Faixa de pedestre. Faixa de motos. Grite. Mande pro inferno a fábrica de infrações que enche o cofre do prefeito. Privilégio: pare na frente dos carrões. Luz verde. Siga.

Tente ver comigo além do que transforma o céu num buraco negro. Esqueça o terror. Descubra como se misturam cores mais alegres que tristes nos grafites da cidade, e a vida segue um curso tão simples como o da lua que sai do quarto crescente, brilha eterna por uns minutos e some detrás das nuvens. Veja como à noite o perfil de concreto se enche de milhões de janelas acesas banhadas pela fumaça de caminhões, carretas, fuscas, Santanas, Unos, Brasílias, Gols, Monzas, jipes, Cadetes, viaturas com marcas que não existem mais e ainda assim desfilam no sambódromo dos engarrafamentos perpétuos entre a Paulista e a Periferia.

Mesmo que seja inutilmente, tente imaginar o romance ou a fúria que acontece detrás de cada janela com luzes acesas ou

FOTO DO AUTOR

apagadas. Quantos lábios carnais se encontram com outros lábios quentes e cheios de amor. Quantos bofetões. Quanta Maria da Penha. Quantas crianças sorriem. Quantos velhos morrem. Quanto medo. Quanta sorte. Quanta caridade. Quanta dor, alegria, sucesso, miséria, fracasso, amor.

Antropólogos e sociólogos dizem que uma das espécies dessa cidade torturada por embreagens, volantes e lonas gastas de freio e todos os tipos de crenças e pavores diante da fúria celeste se chama "classe C emergente".

Eduardo Marques, professor da USP, diz que está melhorando: pobres e ricos estão se misturando mais, dentro da caricatura de ateísmo e fé que todos construíram: o Cachorrão.

Vista de um disco voador, a espécie que produziu essa caricatura talvez possa ser definida como bactéria terrestre motorizada e super-resistente. Prolifera mesmo quando passa fome e a lona gasta do freio chia dentro do aro das rodas de prestações vencidas no cartão de crédito, débito ou empréstimo consignado. Pagam ou sonegam e sobrevivem ao IPTU e IPVA e prestações da Minha Casa Minha Vida e aos juros dos cheques especiais do Bradesco e Itaú e Santander e Caixa e BB e todos os tipos de boletos bancários que confiscam depósitos on-line.

Para compensar os imensos borrões que você vê lá de cima, aqui e ali desfilam as bactérias bem-sucedidas. Nada de calhambeque. A classe média alta e superabonada sobe e desce a Consolação e a Rebouças com utilitários asiáticos em aquários colossais e mergulha na atmosfera própria da Angélica, Paulista, Jardins, Faria Lima, Berrini. São atores de marcas vitoriosas que circulam numa Fórmula 1 imaginária.

Todas tentam dominar as pistas com a batida grave das caixas de seus sons estéreo. Todos viajam escondidos. Alguns vão blindados atrás de películas negras. Você não verá o perfil desses pilotos à prova de bala. E todos pensam que estão rodando no palco de Nova Iorque, Londres, Amsterdam, Paris, Cingapura.

Mesmo assim, e apesar das caras invisíveis e dos disfarces, de vez em quando você terá a chance de ver um rosto humano quando o vidro negro baixa e as máscaras caem em algum posto de gasolina. Ou dos que vão comer no restaurante do chef francês famoso nos arredores da Faria Lima. Verá também a cara e a coroa do real pagador de implantes de silicone e botox nas candidatas ao título de Miss Bumbum e Miss Boca e Miss ou Mister Musculação nas capas de revista.

Graças aos exames de corpo de delito saberá também o tamanho da cintura e do bíceps dos náufragos nos escândalos políticos que dominam o horário nobre da telinha.

As manchetes nas bancas de jornais vão revelar também quem tem lábios mais sensuais que os de Angelina Jolie. Quem é mesmo Brad Pitt. Quem deve aparecer mais em *Caras*. Quem sorri com mais dentes do que o Silvio Santos. Quem é o médico cubano que desertou. Quem quer vender a Petrobras. Quem deu o maior rombo no fundo de pensão das estatais. Quem entregou as hidrelétricas de Jupiá e Ilha Solteira aos chineses. Quem defende o chá de coca de um boliviano chamado Morales. Quem rouba mais na Venezuela, na Argentina e em Brasília. Quem? O quê? Quando? Onde? Como? Quantos cabem nesse palco?

# ATO VII
# OPERADORES DO MERCADO

INTERMEZZO

**R**uídos. Muitos ruídos. Bumbos, címbalos, pratos, tambores altos. Andei algemado no palco da Marginal com as mãos nas costas, preso numa das muitas ocorrências policiais da cidade grande.

O Cachorrão, também conhecido como Sampa ou Formigão, motoboy da Delivery de Luxo, era a estrela da caravana policial com a prova do crime: o baú da moto cheio de maquininhas de clonagem de cartões de crédito.

Acorrentada em cima de um reboque, a Night Road parecia um gavião na gaiola. Pobre grafite de um anjo algemado com asas sujas. Desonra para a tradição da família da Harley Davidson, velha conquistadora de prêmios. Combatente vitoriosa do Exército norte-americano na Segunda Guerra Mundial.

Minha peregrinação para voltar ao mundo real começou no dia seguinte: fui tirado da cela onde fiquei preso com outros marginais. Um oficial grandão e tranquilão da PM (tão calmo que parecia ter engolido um frasco de tranquilizante) me levou pra sala dele

e se apresentou como o investigador designado pra estudar meu caso. Queria conversar comigo antes de cumprir o *habeas corpus*.

Perguntei como se chamava e ele apontou pro distintivo no peito: Da Silva. Como não tinha nada a perder, concordei. Dispensei o advogado e tive várias conversas do tipo sessão de psicanálise. Ouvi uma espécie de sermão ou preleção de Da Silva em câmera lenta. Leu tudo que foi apurado e ficou registrado em minha ficha: transporte de máquinas falsificadas, crime contra sistema financeiro, endereços falsos etc. Da Silva usava óculos escuros e um uniforme preto igual ao dos agentes da Polícia Federal que viraram celebridades na Lava Jato. Era grandão. Lembrava um cavalo do tipo manga-larga marchador.

Fez vários discursos sobre isso e aquilo. Disse que ia me ajudar a limpar a ficha, se pudesse provar que eu era só um transportador inocente.

Da Silva nunca disse o primeiro nome. Era como se só tivesse o sobrenome do distintivo no peito. De vez em quando se referia a si mesmo como Da Silva pra cá, Da Silva pra lá, falando do que fazia, como se fosse um personagem em redes sociais.

"Abra o coração pra Da Silva", disse ele. "Você vai se dar bem."

Na periferia, quem não é Da Silva é Dos Santos. Como os interrogatórios cheios de preleção sobre o bem e o mal me davam sono, comecei a pensar nele como Dormonil – aquela pílula para dormir que apaga dona de casa estressada. Acho que o nome certo é Dormonid. Não sei. Não lembro. O nome entrou na cabeça como o eco de uma propaganda de sonífero num outdoor e grudou: Da Silva pra mim virou Dormonil. Pronto.

Dormonil fazia preleções parecidas com a de um pastor que quer reconquistar uma alma perdida. Concordei em ouvir porque queria ver se apressava a abertura da porta da delegacia.

A base de Da Silva ou Dormonil ficava perto da Ceasa, aonde levei muitas encomendas. Quando perguntei qual era mesmo a função que desempenhava ali, respondeu que era um "operador do mercado". Arregalei os olhos. Juro que foi isso que ouvi. Ele tirou um sarro do meu espanto e repetiu: "operador do mercado".

Tivemos outras conversas compridas e algumas engraçadas. Ouvi preleções parecidas com letras de funk carioca. Dessas em que o funkeiro filosofa, conta a saga da comunidade, fala em poderes da periferia e parece que nunca chega ao fim. Segundo Dormonil, Sampa tinha um mercado gigantesco fora da lei. E o número dos que acham que o crime compensa não para de crescer. Disse que o contrabando e o narcotráfico tomaram conta das fronteiras da Bolívia, Colômbia e Paraguai, invadiu o espaço brasileiro e criou um mercado marginal gigantesco. Tinha oportunidade pra todo mundo: intermediários, compradores, vendedores, contrabandistas, operadores do bem e do mal. Contou que antes de entrar na Polícia Federal era historiador e se dedicou a estudar o caráter da criminalidade. Para se legitimar, o narcotráfico inventou um argumento ideológico: o vício é a burguesia, e se o mercado burguês desmoronar o proletariado chega mais rápido ao poder. Já que é assim, ele resolveu entrar no mercado como um "operador" no lado do bem.

"De que lado você quer ficar?"

Respondi de bate-pronto que eu era do bem. Só não conseguia imaginar como seria *operar no mercado* naquele mercado sem regras nem leis. Talvez Da Silva tivesse se inspirado em seriados tipo *Law and Order* ou nas Mãos Limpas contra a máfia italiana. Preferi ficar calado e ouvir.

"Muambeiros, mulas e traficantes de rua são os primos pobres nesse mercado", disse ele, querendo ver se eu piscava. Às vezes Dormonil, isto é, Da Silva, mudava o tom da voz: parecia que era só um detetive no estilo do *Crime e castigo*. Sondava meus olhos. Queria saber onde eu ia me encaixar.

Aos poucos vi que me tratava como uma peça rara, caída por acaso num tabuleiro de xadrez em que ele atuava como o estrategista ou "operador" principal. Um peão caiu perto do cavalo. O operador queria me usar. Fazia sentido: um motoboy pilotando a Harley de uma empresa de entregas de luxo, transportando maquininhas de clonagem de cartões e dizendo que eram peças de arte sacra. Caso raro. O blá-blá-blá era uma isca.

Não deu certo. Conversa intelectual me dá sono. Fiz força pra não cochilar. Numa das preleções, Dormonil disse que o mundo não é mais "shakespeariano". Nem deu tempo de perguntar o que era aquilo. Repetiu que fez um MBA antes de entrar na PF. Passou num concurso em primeiro lugar com uma tese sobre o crime na história da humanidade e foi recrutado. Disse que hoje em dia atores não são mais atores. Todo mundo agora produz selfies de suas próprias máscaras tragicômicas. Pobre Shakespeare. Qualquer um acha que é Romeu ou Julieta. Todo mundo tem ciúmes melhores que os de Otelo e dúvidas maiores que a do "ser ou não ser" de Hamlet. Ninguém mais mata velhinhas como no *Crime e castigo* de Dostoiévski e cai num remorso profundo. O remorso morreu. A moda agora era esquartejar cadáveres, enfiar pedaços em sacos plásticos e distribuir em Cotia ou Higienópolis. Louronas roubam o caixa de prefeituras pobres e posam como estrelas nas redes sociais. Tudo cabe na nuvem.

Dormonil percebeu minha surpresa com a naturalidade com que falava sobre personagens famosos tipo Hamlet e o criminoso de Dostoiévski e resolveu me provocar. Olho no olho, disse isto:

"Meu, a garotada aprende a mentir desde cedo vendo deputado com conta na Suíça rir da cara da gente na TV. Ninguém mais tem vergonha. Políticos mudam de legenda como quem muda de motel. Quanto maior é o roubo, mais glória e fama. Ninguém fica na cadeia. Delator da Transpetro ganha tornozeleira de ouro com GPS e vai gozar a vida em mansão com piscina à beira-mar."

Entendi. Dormonil não me provocava  só pra saber de que lado eu estava: se era do bem ou do mal no mercado onde ele se incluía como um "operador". Queria ler também meus pensamentos. Confesso que fiquei surpreso com a cultura dele. Mestrado em história. Podia esperar tudo, menos um policial baseado perto da Ceasa falando sobre Shakespeare, em vez do preço da cebola e do alho.

Custou, mas ele percebeu que o blá-blá-blá intelectual me dava sono. Quando viu que eu cochilava, desistiu do papo-cabeça. Ainda não entendi se o que ouvi naquela hora foi um desabafo ou só uma mudança de estratégia. Balançando desconsolado a cabeça, ele disse isto como se falasse consigo mesmo:

"Remorso em cara de marginal foi mesmo pro espaço. Todo mundo mente."

Fez uma pausa, recuperou o ar tranquilão e, como as preleções deram em nada, atacou por outro lado:

"Vou mexer com teu bolso", disse ele. "Mas você tem escolha."

Nesse ponto acordei. Mexer com o bolso é mais perigoso do que mexer com a alma. Expliquei que não era delinquente, membro de partido político ou black blocs. Derrapei numa poça de óleo no asfalto e caí. Só isso.

Depois de muita conversa, Dormonil propôs um acordo. Ele me soltava, eu sumia por uns tempos e ele montava um plano que ia provar minha inocência. Perguntei por que sumir, se não tinha nada a esconder. Respondeu que tinha de tirar minha imagem da mídia. Se não fosse assim, não ia conseguir *me usar*. Voltei a tremer na base. Usar como?

"Colaborando comigo pra pegar quem meteu você nessa fria", disse ele.

Isso podia ser qualquer coisa. Talvez quisesse me recrutar pra algum plano mafioso. Perguntei assustado:

"É alguma confraria?"

Dormonil sorriu. Nada de Confraria. Abriu uma fresta na janela e mostrou o circo armado na porta da delegacia:

Tchantchantchantchan: Facas Amoladas de plantão. Câmaras e microfones iguais a fuzis. Jornalistas inquietos rondando de plantão desde que fui preso.

"Posso salvar você da tentação da mídia", disse ele com a máscara do historiador paciente no rosto. "A mídia não deixa criminoso em paz. Ainda bem. Se não fosse isso, um pedaço da Lava Jato ia pro ralo. Mas a mídia também cria fama, e a fama pode ser usada pro mal. Por isso disse que ia mexer com teu bolso."

Pegou jornais abertos nas páginas de crime, o clipping dos canais de rádio, blogs de ocorrências policiais e TVs do dia seguinte à batida na Marginal e me mostrou. "Sampa – Delivery de Luxo" e o "Cachorrão" viraram manchete. O mistério das maquininhas de clonagem de cartão de crédito bombou. A única pista para a mídia agora era o motoboy que transportava as maquininhas.

"Passou a noite em cana, não fez plástica nem nada, não saiu na *Caras* e já bombou", disse Dormonil. "O Cachorrão ficou famoso. Vai usar a fama pro bem ou pro mal? Coringa ou Batman?"

Quando botasse o pé do lado de fora da delegacia teria de enfrentar os fuzis da matilha com fones e câmeras. Ninguém foi pego. A quadrilha evaporou. Sobrou pro motoboy de luxo. Queriam saber tudo sobre o Cachorrão porque virou cúmplice da bandidagem. Inocente ou não, era o único elo visível que tinha sobrado na história.

Descobri naquele minuto de horror que EU não era mais eu. Era "o cara das maquininhas". Dormonil sorriu. Me olhando com o ar paciente do tutor que quer fazer alguém amadurecer, disse que o Cachorrão agora era outro. Virou o tipo que escritores de novela adoram: motoboy charmoso, perfil lembrando o mapa de Sampa, clone de uma dessas celebridades que bombam por aí cheias de tatuagens, pilotando motonas de luxo, fazendo *delivery* de maquininhas de clonagem de cartões, jurando que a carga era arte sacra, flagrado por acaso numa blitz.

"Criativo, né?", perguntou ele, continuando a me radiografar de alto a baixo e estudando minhas reações.

Senti um frio na barriga: a ficha caiu. Entrei mesmo de gaiato numa história cabeluda. Bruxas e demônios me pegaram na tocaia grande. E agora? E aí? Como é que ia me safar daquela? Dormonil percebeu meu vacilo. Era quase um pequeno desespero estampado no rosto. Aproveitou e atacou:

"Quer virar celebridade do bem ou do mal? Vai cooperar comigo?"

Jurei que eu era só eu. Eu só. Não tinha nada nem ninguém por trás de mim além da "Sampa – Delivery de Luxo". Nada. Só um pobre Cachorrão que entrou numa fria sem saber. Uma tremenda armação.

FOTO DO AUTOR

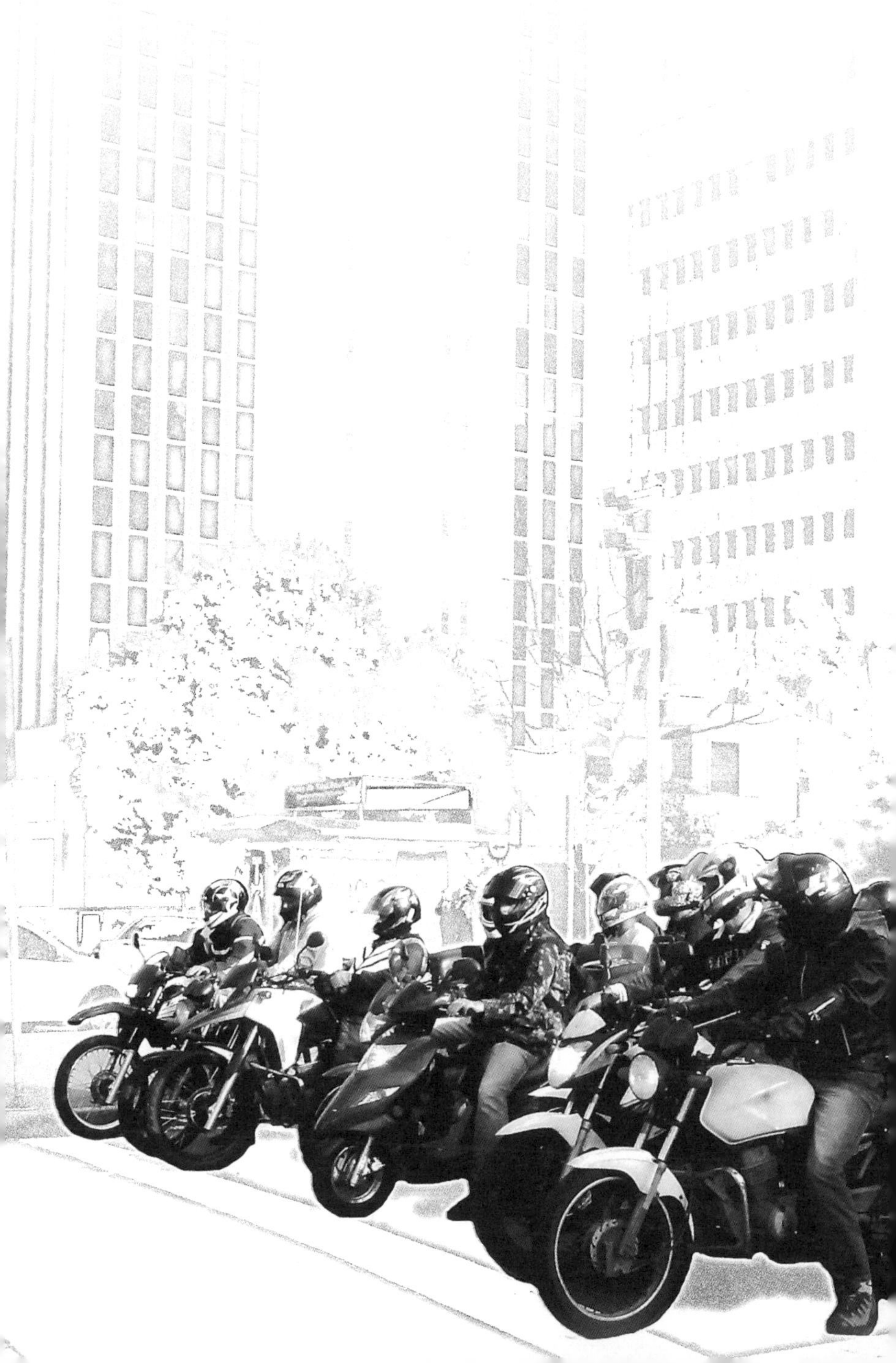

# ATO VIII
# METAMORFOSE
## SCHERZO OU MINUETO

ormonil riu da minha cara, é claro. Juras não provam nada. Mesmo juntando todas as peças o quebra-cabeça não fechava. O velho "operador do mercado" era obrigado a duvidar de mim. O único motivo da conversa mole e das preleções, portanto, foi dar corda, puxar o fio da meada até descobrir quem era eu mesmo.

O tempo passou e hoje entendo melhor: ele queria me usar num plano estratégico que tinha montado na cabeça, onde faltava uma peça. E eu era aquela peça. Como eu não fazia a menor ideia do papel que iria desempenhar, tinha todos os motivos pra tremer na base. Lembrei que quando abriram o baú da moto o sargentão da patrulha olhou pra dentro, olhou pra mim e viu meu ar de surpresa com a carga. Saiu sem dizer nada. Fez uma consulta pelo rádio. Falou um minuto ou dois com alguém que com certeza passou instruções. Quem estava do outro lado da linha bem podia ser Da Silva.

Por isso o sargentão olhou pra mim de um jeito diferente quando desligou o rádio. Acho que ouviu instruções. Falou como se a encomenda transportada não tivesse surpreendido ninguém. O que Dormonil queria, agora, era descobrir exatamente como entrei no esquema. Se era parte dele, livre atirador, mula ou um transportador inocente que podia ser usado.

Minha intuição não falhou. Dormonil queria mesmo me usar. Com a fala mansa, tentava fazer minha cabeça e ao mesmo tempo descobrir tudo sobre o peão caído de presente no seu tabuleiro de xadrez: começou a investigar minha origem, família, passado, presente. Tudo mesmo.

Perguntou pela origem do nome da empresa ondę eu trabalhava e quem teve a ideia criativa das entregas de luxo:

"Por que 'delivery' e não 'entregas'?"

Expliquei que dava no mesmo. A criatividade foi de meu pai. *Delivery* era nome importado. Chique. A periferia adora marcas em inglês, e o Morumbi mais ainda.

Vi a curiosidade crescer nos olhos do investigador. A bola podia virar pro meu lado. Era minha vez de tentar ganhar o ouvido do policial sem encher o saco jurando inocência. Resolvi falar tanto quanto pudesse pra dar credibilidade à minha história.

Contei que tudo começou com a pizzaria do Nonno, meu avô italiano. Europeus inventam guerras e se matam de vez em quando, desde os tempos do Império Grego e Romano. O Nonno fugiu de uma dessas guerras de navio e desembarcou em Santos como refugiado. Saltou pelado, sem um tostão, mão direita na frente, esquerda atrás. Baús cheios de livros foram a única riqueza que trouxe.

Trabalhou na fazenda de um barão do café. Seduziu a baronesa com o sabor das pizzas e ela ajudou "o Italianinho" a abrir seu próprio negócio: Pizza AD'Oro. Contei que o Nonno misturava italiano com português e traduzia qualquer coisa com as mãos ou com criatividade: como ninguém sabia o que era D'Oro ("de ouro" em

italiano) inventou a Pizza Adoro e escreveu assim: Pizza AD'oro. A colônia italiana entendia e o povão também.

Espalhou que a receita secreta foi escrita num dialeto da Toscana por minha avó, que nasceu lá e nunca saiu do vilarejo. Valia o peso em ouro. Pizza AD'Oro. Existiam outras com nome parecido, mas o Nonno não ligava. A única que era adorada e valia o peso em ouro era a dele, por causa da receita secreta da fermentação da massa a frio com perfumes, temperos e sabores misteriosos.

Contei também quem era meu pai e o que fazia. Era o filho mais velho do Nonno. Nasceu em São Paulo e casou com uma nordestina magra, alta e bela, que inventou outros temperos incríveis. A fama da pizzaria do Nonno foi além das fronteiras da periferia. Saiu na *Vejinha SP*. O Nonno, é claro, escondia que alguns temperos eram invenção de uma nordestina culta capaz de discutir filosofia com ele. Dizer a verdade seria um risco para a genética da Pizza AD'Oro. Em Sampa, afinal de contas, a mentira culinária é uma arte praticada por todos os grandes chefes. Muitos cozinheiros vêm de Alagoas, do Ceará e de outras terras nordestinas. Todos juram que são descendentes de portugueses, franceses, italianos. Apelavam até para as raízes dos judeus holandeses que conquistaram Pernambuco nos tempos de Maurício de Nassau, quando queriam trabalhar na cozinha *kosher* dos judeus.

Dormonil parecia fascinado com minha história. Aproveitei o embalo. Contei que o Nonno comprou um pacote a prestação numa agência de viagens e mandou meu pai e minha mãe pro Brooklin. Ficou cuidando da casa e dos netos enquanto eles viajavam.

Expliquei que não era o Brooklin de Sampa. Era o original: o Brooklin de Nova York mesmo, bairro cheio de italianos. Viajaram com a missão de aprender com o tio e uma tia, dois grandes marqueteiros que viviam por lá.

O Nonno dizia com uma ponta de cinismo que a máfia italiana só fez sucesso global quando resolveu usar marqueteiros de Nova York e Hollywood. Dormonil arregalou os olhos. Gostou tanto desse trecho da história e fez tantas perguntas sobre a máfia que tive de me virar pra esclarecer. Tremenda bola fora. Ah, se arrependimento matasse. Por que fui falar em máfia? Tive de explicar e jurar mil vezes que o Nonno nunca foi mafioso.

Era da Toscana. Não era napolitano, calabrês, siciliano. Tentando melhorar o perfil, expliquei que Toscana era a região onde Fellini nasceu. Eram conterrâneos. Nesse ponto, Dormonil pareceu fascinado de novo e me surpreendeu mais ainda. Disse que tinha visto todos os filmes de Fellini e gostava muito de *Amarcord*.

*"Fantástico"*, pensei, *"um motoboy conversando com um policial baseado perto da Ceasa que assiste a filmes de Fellini."*

Isso não podia existir nem na imaginação criativa dos libretistas e novelistas, mas aproveitei o embalo.

O libreto da ópera de Sampa é assim mesmo. *Ópera Sampa* ou *Ópera Samba*? Quem percorrer os corredores da Ceasa vai descobrir uma babel com todas as formas que a imaginação humana pode tomar. Expliquei que o Nonno entendeu o significado de *Amarcord* porque nasceu no lugar onde falavam o mesmo dialeto. Dormonil perguntou friamente:

"E o que é Amarcord?"

Sorte a minha: descobri o que era numa daquelas noites em que o Nonno reunia todo mundo em torno da TV para traduzir filmes italianos. Respondi na lata:

"Eu me lembro, *io me ricordo*."

Dormonil sorriu. Viu que eu não estava mentindo. Contei que meu pai e minha mãe voltaram do Brooklin cheios de ideias e fizeram crescer o negócio da pizzaria quando o Nonno se aposentou. Já atendiam até pedido pelo WhatsApp. Nunca deixaram de emitir nota fiscal. Jurei.

Meu pai era o blogueiro da família e resolveu investir também no negócio dos motoboys. Eu nunca quis ser mestre de cozinha nem blogueiro, nem ir viver na fazenda no Nordeste herdada por minha mãe, nem na Itália do Nonno, cada vez mais cheia de sacoleiros. Adorava motos e a garoa de Sampa, onde nasci e cresci. Então resolvi tentar a vida como motoboy criativo. Meu pai queria que eu estudasse medicina ou engenharia como meus irmãos. Resisti. Queria voar como os motoboys. Minha paixão era a velha Harley do meu avô. De vez em quando ele me deixava pilotar. Convenci a família a investir no plano das entregas de luxo.

Dormonil pediu que contasse tudo sobre a Sampa e o tal motoboy de luxo que inventei. Vibrei. Resumi assim:

Contei que adorava andar com a patota dos motoboys entregadores de pizza e um belo dia pensei: por que não inventar um tipo todo de preto pilotando uma Harley Night Rod pra fazer entregas especiais? Entregas de luxo furando engarrafamentos. Imagine se

FEDERICO FELLINI, DIRETOR
DE CINEMA ITALIANO

aquele maridão enorme da Gisele Bündchen, ou um amor secreto de Marília Gabriela, Grazi Massafera, Bruna Marquezine etc., resolvessem mandar flores pra elas. Quem iria entregar? E pro Jô Soares que também pilotou Harleys enormes? Quem iria entregar flores pro Jô?

Pegava mal um cara estressado, cheirando a gasolina e malvestido saltando de cima de uma 125 pedindo pra entregar um buquê de antúrios e gardênias a uma diva no centro do palco de Sampa. Nunca entreguei buquês a uma diva. A Jô Soares muito menos. Mas esse dia iria chegar. A patota dos motoboys da pizzaria tirava sarro das minhas fantasias, é claro. Diziam que alguém podia ir no lugar do Cachorrão entregar flores ao vivo a Miriam Leitão, Renata Vasconcelos e William Waack sob os holofotes do *Jornal Nacional*. Como não tinha nenhum Brad Pitt no grupo, bastava alguém se fantasiar de Michael Jackson ou Mick Jagger. Nos dias de hoje, roqueiros fazem mais sucesso do que Carlos Gardel.

Expliquei melhor meu caso. Disse que não vivia só de fantasia. Meu pai usou o que aprendeu com os marqueteiros do Brooklin. Pegou o mapa de Sampa e inventou a caricatura do Cachorrão no blog da pizzaria: Sampa – Delivery de luxo. E assim nasceu a filial da Pizza AD'Oro.

Nada de Brad Pitt, Michael Jackson ou Carlos Gardel. A Pizza AD'Oro podia promover, isto sim, a reencarnação da alma do bandeirante paulistano. Ele dizia que eu era o Borba Gato da periferia. Ator principal. Se entusiasmava quando falava:

"Vista a fantasia, garotão: misture a alma de Borba Gato com Steve Jobs, gênio da Apple."

Audazes. Vencedores. *Sampa – Delivery de luxo.* Essa era a cara do mapa, o resumo da ópera no Facebook.

Podia ser pizza, podia ser buquê de rosas ou margaridas. O Blog da pizzaria dava lições de etiqueta. Bombou. Dizia que flores, alianças, joias, pizzas ou até garrafa d'água mineral só podem ser entregues por cavalheiros trajados a rigor, gatões de botas com coturnos altos, voz de Antonio Banderas. Toda entrega devia seguir a receita dos melhores rituais dos palcos dos castelos e liças medievais.

E foi assim que um belo dia conheci Bruna, quando fui entregar flores e a pizza que ela encomendou para uma festinha em casa. Não era a Bruna da Globo. E eu nunca seria um jogador famoso do Barcelona. E foi do Cachorrão da Sampa, foi daquele Pluto da periferia que Bruna gostou. Olho no olho. Surpresa.

"Isso nunca aconteceu com o senhor na vida?", perguntei a Dormonil.

O policial quase pulou na cadeira:

"Comigo?..."

Achei graça do susto dele. Deu pra ver que as bochechas ficaram vermelhas. Talvez Da Silva fosse um policial puritano, casado, protestante, calvinista, metodista, testemunha de Jeová. E agora quem fazia o papel do investigador era eu. Delícia. O remorso e a emoção ainda existem. Continuei minha história do jeito mais provocativo que pude:

"Já ouviu falar em paixão tipo Nespresso?"

Ele balançou a cabeça e esticou o ouvido com um ar fascinado:

"Paixão Nespresso? Essa aí me interessa. Gosto de café. Conte."

Respondi muito controlado, achando que tinha tomado as rédeas na mão: "Vou contar." E contei.

Foi assim: Bruna perguntou meu nome e eu disse brincando que era George Clooney, aquele galã reservado, o machão maduro da Nespresso, cavaleiro do *Good Night and Good Luck* e das canções na voz de Dianne Reeves tipo *" a buzzard took a monkey for a ride in the air... (um urubu levou um macaco pra dar umas voltinhas lá pelo ar)"*.

Bruna riu muito da minha fantasia:

"Você é George Clooney e eu sou a Bruna Marquezine, ex-namorada do Neymar hahaha. Teu nome é Sampa, cara... tá escrito no capacete."

"Tá escrito nas estrelas...", eu respondi de bate-pronto tirando o capacete, exibindo sobrancelhas investigativas com curvas maiores que as de Renata Vasconcelos e um ar de galã mais sério que o do Bonner. Ela gostou. "Tava escrito nas estrelas, tava sim."

Bruna me olhou de novo nos olhos. Sabia tudo sobre George Clooney e a música de Dianne Reeves contando a história do urubu *(buzzard)* que levou o macaco *(monkey)* pra passear no ar, e o macaco não acreditou no que viu lá de cima. Bruna também adorava o café da Nespresso. Estudava marketing e achava a mensagem da Nestlé perfeita: os homens compravam a maquininha fazendo de conta que eram clones do George. As mulheres adoravam, pensando que bebiam um cafezinho feito pelo ator famoso.

Foi então que percebi, naquele minuto ilusionista tipo Nespresso, que eu era o ator com quem ela sonhou desde a adolescência e as aulas de matemática perdidas em devaneios no internato da Santa Marcelina. E todas as constelações e WhatsApps viram o que estava rolando naquele momento mágico na periferia de Sampa. E até as estrelas desconfiaram de que aquilo podia ser amor verdadeiro.

Dias depois Bruna ligou pra pizzaria pedindo uma margherita super. Uma que tivesse alecrim, tomilho e manjericão e o perfume de um fio de azeite português extravirgem daqueles que só se colhe nas oliveiras centenárias de Trás-os-Montes. Fui entregar a pizza como um raio, todo de preto, pilotando minha Night Rod. E fiz como um cavaleiro deveria fazer depois de vencer torneios medievais e capturar com a ponta da lança no ar o lenço que a donzela jogou.

Fiz uma grande reverência – o braço direito estendido, a pizza na mão com um enorme laço vermelho em redor da caixa e uma variedade rara de orquídeas. Nesse ponto até músicos de ópera choram. Cheiro de alecrim e manjericão, fio de azeite com 0,1% de acidez de Trás-os-Montes e chuva de ouro. Ah, sim: o nome da pizza veio do Nonno, que gritou quando tirou a massa do forno:

"Afrodite,
filha de Zeus e Dione,
deusa grega do Amor, bisavó da
Vênus romana, mãe do Júlio César
assassinado por Brutus nos Idos de Março."

Bruna riu da aula de história do Nonno e me convidou pra comer um pedaço. Foi a pizza mais gostosa da minha vida. Contei tudo isso e perdi a noção do tempo enquanto falava, tentando convencer Dormonil de que não era o vilão da história.

Quem, com tantos sonhos na cabeça, podia ser vilão naquela história? Àquela altura achei que tinha dado a volta por cima no papo-cabeça do investigador.

Será que tinha? Ou será que entreguei de bobeira e na bandeja o perfil do operador que ele estava procurando pra me usar e tapar um buraco qualquer num tabuleiro de xadrez policial?

Na hora não pensei exatamente assim. Só desconfiei. Mais cedo do que esperava, porém, e pra tristeza minha, consegui descobrir por que Dormonil gastou tanto tempo ouvindo minhas fantasias.

"Cara... você é criativo", dizia ele de vez em quando.

Dormonil acompanhou toda a minha conversa balançando o tronco e a cabeça num compasso igual ao de um autista. Parecia mesmo deslumbrado com minhas aventuras enquanto balançava com seu compasso estranho.

Mais deslumbrado ainda ficou quando falei dos cabelos tão negros de Bruna, o ombro tatuado com uma raposinha e aqueles olhos de quem simula o desejo de fugir, mas não foge nunca. E de repente se jogava em meus braços como se fosse parte de alguma ilusão tipo Nespresso.

Minhas mãos corriam pelo corpo acariciando aquela pele de leite como se quisesse arrancar dali algum som, um arpejo, a nota trêmula e apaixonada de um grito de prazer. Fiquei meio bobo. Cheguei a pensar que tudo aquilo estava escrito nas estrelas, conforme manda a música de uma prima distante de minha mãe com uma voz fantástica: Tetê Espíndola. Estava escrito nas estrelas e em todas as constelações do libreto de minha ópera.

"Conte mais. Vá contando...", disse Dormonil. "Mas antes me diga: como é mesmo que se chama o dialeto que seu avô falava?..."

"Emiliano Romagnolo", respondi na lata.

Dormonil sorriu pelo canto da boca. Confirmou que eu não estava mentindo nem tinha inventado a história do dialeto e da pizza. Percebi, naquele instante, que a cara de sono e o balanço autista eram puro calculismo e estratégia do historiador Da Silva transformado em investigador. Um discípulo perfeito do personagem que dava corda ao assassino da velhinha no *Crime e castigo* de Dostoiévski.

Calei a boca. Da Silva não tinha pressa. Esperava que o remorso ou a covardia característica de todo criminoso me forçassem a trair e entregar pela língua. Igual a um peixe.

Pra sorte minha eu conhecia bem a história do dialeto. Não era criminoso. E só falei a verdade.

Você já sabe: o Nonno de vez em quando reunia meus irmãos à noite e lia livros traduzindo do italiano e de outras línguas que falava. Tentava abrir a cabeça da molecada para mundos e culturas diferentes.

Minha cabeça era rebelde. Não saía de cima de duas rodas e do cheiro da gasolina queimada nas ruas. Mesmo assim aprendi muita coisa com o Nonno.

Àquela altura Dormonil já tinha percebido que eu não tinha assassinado velhinha nenhuma. Mas, como queria me usar, dava corda. Por trás do ar distraído tinha um ferro quente ligado numa tomada 220 soltando vapor. O balanço autista era um truque hipnótico do policial que fingia ser ferro frio. Queria saber exatamente com quem estava lidando e o que podia tirar do peixe caído na rede pra fechar um esquema investigativo. Sabia que quanto mais um delinquente ou um cara ingênuo abria a boca, mais se enrolava na mentira. Por trás de cada crime existe alguma coisa que instrumentos de laboratório não capturam.

Dormonil sabia que toda mentira é o outro lado de alguma verdade. Por isso me deu corda. Queria confirmar se eu era um inocente útil caído na rede da máfia dos cartões de crédito, ou mais um operador criativo brotado no palco cruel de Sampa.

Comecei a me sentir cada vez mais enrolado na teia com a aranha bem ali na frente. Não dava pra escapar imitando o Homem-Aranha da TV. O perfil de Dormonil era tão real quanto as aranhas ecológicas que faziam teias enormes na varanda da pizzaria e até marimbondos pegavam. Minha mãe explicava aos clientes que matava as armadeiras venenosas, mas protegia aranhas ecológicas porque caçavam mosquitos da dengue. Eu não era mosquito nem sardinha, mas caí numa rede policial e corria o risco de me enrolar ainda mais. Tudo o que queria agora era pular fora da rede. A ideia de afundar numa operação difícil de entender me apavorava. Parei de falar e tentei ser prático:

"Então o senhor quer que eu faça o quê?"

Dormonil disse que queria fazer um acordo comigo do tipo que andava na moda: eu colaborava e ele me ajudava. Ia cumprir o *habeas corpus*, me equipar com um transmissor GPS e soltar. Mas só dava um "fechado" no acordo se eu sumisse no espaço e concordasse em desempenhar um certo papel numa estratégia rigorosa que ele mesmo estava escrevendo. Entendi. Queria me transformar num palco policial. Pedi para explicar melhor. Ele disse que eu tinha de desaparecer durante algumas semanas, deixar crescer o cabelo e o bigode. Mudar o perfil. Assim ninguém ia reconhecer a cara do motoboy que apareceu na mídia. Quando reaparecesse, seria definitivamente outro.

Entendi melhor ainda. Dormonil queria promover uma metamorfose. As coisas começavam a clarear: *"então é isso"* – pensei. Só precisava saber pra quê. Perguntei que papel ia representar no teatro dele. Dormonil riu, fez uns rodeios, disse que a coisa não tinha nada de teatro e que eu ia entender tudo quando chegasse a hora. Tinha de ficar calado e cooperar.

Custou, mas terminei percebendo melhor a razão da máscara que ele queria que eu usasse. Dormonil parecia ter visto em mim a mesma caricatura descoberta pela patota dos motoboys. Meu figurino se encaixava tão bem no apelido de Cachorrão e de Pluto quanto no clichê de um dançarino de tango, bisneto de Carlos Gardel ou coisa parecida.

O investigador que se considerava um "operador do mercado" podia saber mais, muito mais do que eu imaginava sobre a gangue da caixa lacrada. Então queria pregar uma certa máscara no meu rosto e me fazer dançar com o inimigo. Ia me transformar numa peça do jogo ou da armadilha que estava montando.

Nunca pensei que fosse um ator e disse isso a ele. Dormonil sorriu.

"Somos todos atores", respondeu. Disse que ia ficar monitorando meus passos, ajudando a reconstruir a imagem. Num certo momento ia me livrar da tornozeleira eletrônica. Olhou pro artefato de metal que um auxiliar desajeitado tentava afixar em minha canela e balançou a cabeça fingindo um ar desconsolado:

"Infelizmente não posso te dar uma de grife, como as que a turma da Lava Jato leva pra casa."

Não achei graça nenhuma. Não fazia a menor ideia de onde aquela armação podia chegar. Nem sequer conseguia imaginar qual seria o plano armado na cabeça por um investigador que se considerava um "operador do mercado". Tampouco costumava acompanhar a história da Lava Jato. Pensei somente uma coisa: *"Tô ferrado. Milasquei nessa."*

Como parecia que só tinha a ganhar com a proposta, aceitei e disse o que ele esperava ouvir:

"Fechado."

# ATO IX
# O QUE IMPORTA É A VIAGEM

GARAGEBAND

**E**scapei pela porta dos fundos e sumi no meio de uma onda de motoqueiros, como foi combinado. Alguns dias depois baixou no WhatsApp de meu celular um comentário do Barbão, um gordinho famoso no meio dos harleyros.

Essa tribo tem lá suas regras e um vocabulário próprio. Alguns se ofendem se forem chamados de motoqueiros em vez de motociclistas. Muitos só tiram as máquinas da garagem nos fins de semana e feriados com sol. Alguns saem roncando solitários pelas ruas de Sampa, enquanto outros se juntam nas concessionárias da Harley e saem para algum bate-volta pelas estradas. Muita gente entra no clube fechado do HOG, sigla criada no ninho da Harley Davidson e dos riders lendários de todos os tipos em Milwaukee, no norte dos Estados Unidos. Se você for procurar a tradução de HOG na Internet, desista: *hog* pode significar "porção". Um harleyro traduz como "cowboy da estrada". Meu pai contou tudo o que aprendeu com harleyros do

Brooklin: HOG é uma raça de porcos engordados nas fazendas do meio-oeste norte-americano, com barrigas gordas de onde se tira o melhor bacon. Americanos gostam tanto de bacon que até negociam o preço futuro na Bolsa de Chicago com um nome engraçado: *pork belly* (banha de porco). A fama dos harleyros se espalhou pelo lado do bem e do mal: gangues de Anjos do Inferno (Hell's Angels) rodaram barulhentas e fedorentas durante muito tempo espalhando terror nas estradas.

Dona Maria inventou uma pizza com tiras de bacon em homenagem ao lado do bem do HOG, que significa *"Harley Owners Group"* (Grupo de Donos de Harley). Quem anda nesse bando segue três regras: 1 – sua máquina é seu RG. 2 – ninguém pilota lado a lado. Se os guidons triscarem alguém sempre cai. Por isso o grupo anda sempre em xis: um na frente, outro ao lado, mais atrás. A terceira regra foi inventada em Milwaukee por antepassados filósofos da Harley:

"O importante não é chegar.

O que importa é a viagem."

Como o RG do harleyro é a moto, ninguém pergunta ao chapa pilotando ao lado o que ele faz pra ganhar a vida. Tem banqueiro e bancário andando em X na mesma tropa, com e sem caveiras em bandanas negras e enfeites prateados. O que importa é a viagem. Ninguém quer saber de que lado do balcão você fica no dia seguinte.

A caveira é uma forma de lembrar que motos não tem asas e a punição pro erro do piloto pode ser a morte. Essa tribo se junta em famílias em torno de alguma loja ou ponto de encontro, perto de um bar ou das memórias sagradas e cultos de Milwaukee e grandes rotas que cruzam o mapa norte-americano de Leste--Oeste. A turma do bem vence a turma do mal desde a Segunda Guerra Mundial, misturando Easy Riders com Hell's Angels e até Schwarzenegger na Fat Boy do Exterminador do Futuro.

Todos os anos, durante o verão do hemisfério norte, revoadas de fiéis aos cultos de Milwaukee vão pra lá. Muitos cruzam em bandos as grandes rotas do mapa norte-americano. Nunca fui a Milwaukee. Eu fazia parte da família do Barbão, sonhava com Milwaukee e frequentava aulas de direção defensiva dadas por alguns profissionais da Polícia Federal. O grupo se divertia com meu apelido de Cachorrão e a caricatura de Sampa. Alguns preferiam me chamar de Pluto. Uma vez ou outra um bando aparecia na Pizza AD'Oro para comer a de tiras de bacon inventada por dona Maria. O Nonno disse que ia abrir uma exceção. Em vez dos nomes de deusas ou deuses romanos com que batizava suas obras de arte saídas do forno a lenha, deu meu nome à pizza dos motoqueiros:

Cachorrão.

"A cara de Sampa é essa mesma", dizia Barbão. "Mistura pizza italiana com bacon do oeste americano e tempero nordestino." Barbão encarnava o espírito da Harley achando que era um clone de Schwarzenegger, mesmo sendo gordo, pesado, baixinho e com uma barba enorme. Usava coturno de salto alto, capacete da Primeira Guerra Mundial e pilotava uma Fat Boy toda

enfeitada. Tinha caveiras cromadas na cobertura do filtro de ar, na tampa da embreagem, na bandeirinha hasteada na traseira, em broches, sacolas traseiras, tatuagens e onde mais houvesse espaço na pele ou na máquina. Barbão foi o único membro do HOG que declarou publicamente acreditar em minha versão da história. Ele postou isto no blog da pizzaria de meu pai:

*"Se um piloto de avião transportar um terrorista com RG falso, tem de ser preso como cúmplice?"*

Barbão era muito respeitado no grupo. Foi duas vezes campeão de pilotagem de motos em baixa velocidade.

Baixa velocidade é o pior desafio numa Harley: não é mole manter 340 quilos de aço, mais o peso do piloto, quase parados em cima de duas rodas sem tocar o pé no chão. Em dias de verão o calor dos cilindros das motos mais antigas assa o couro do cano da bota. Batedores da PM que acompanham caravanas de estadistas e figurões são mestres na arte de esquentar as pernas andando em marcha lenta, quase parando e sem direito de descansar um pé no chão.

Com a entrada de Barbão no caso, o blog da Pizzaria bombou nas redes sociais e provocou uma discussão enorme, mas a mídia não foi atrás. Alguns comentaristas insistiam que se eu fosse mesmo inocente devia aparecer e me defender, em vez de tomar um chá de sumiço. Parecia confissão de culpa.

Sei que Faca Amolada vive dos fatos, construindo e desconstruindo imagens, e é disso que tira o salário. Tinha razão, portanto, quando cobrava as informações que eu parecia estar sonegando: por que a Sampa – Delivery de Luxo aceitou transportar mercadoria de um cliente não identificado? Como explicar o nome falso do destinatário que devia receber a encomenda em Cumbica? E por que o pessoal da alfaiataria negou que a caixa com as maquininhas clonadas tinha saído de lá?

# ATO X
# METAMORFOSE

## FREE JAZZ – IGNORE CHANGES

**A**ha! Talvez você não corra só atrás de fatos crus e nus. Talvez se pareça com aquele policial investigativo e paciente de Dostoiévski, que sabia ler remorsos no fundo de um olhar criminoso. Se assim for, com certeza você vai querer ir além das perguntas básicas: o que, quem, quando, onde? Veja, então, como começa a metamorfose do herói deste libreto:

Dias e noites o motoboy da Sampa – Delivery de Luxo viveu escondido no sótão do casarão, em cima da Pizza AD'Oro, cercado de livros por todos os lados e estantes que iam até o teto. O sótão era o refúgio do avô italiano. Todas as páginas estavam cheias de anotações com a letrinha minúscula dele. Quando o Nonno se enfurnava ali, voltava sempre contando alguma descoberta matemática, filosófica ou lia rascunhos para um livro. De vez em quando inventava receitas novas de pizza.

Nesse ambiente de retiro forçado, o Cachorrão só tinha uma saída: ler. Num livro de Harold Bloom descobriu que 60% dos norte-americanos acreditam em anjos. Surpreso com os números, dormiu com o livro na mão. Sonhou que foi sequestrado por Metatron, o arcanjo tatuado nas costas. Anjos e demônios riam e dançavam jazz no palco improvisado pra onde foi levado.

De repente viu um bocado de peças desconjuntadas. Era um retrato do desafio que tinha de enfrentar. Veja o que ele conta, com suas próprias palavras, sobre como rearrumou as peças e chegou ao fim de uma lenta metamorfose.

De vez em quando dona Maria subia pra conversar comigo no sótão. Um dia ela enfiou na minha mão a Torá que o Nonno lia, cheia de marcações com papeizinhos de cores diferentes e muitas anotações.

A velha Bíblia dos judeus e um lápis foram entregues sem comentários. Olho no olho. Dona Maria abriu uma página com a lingueta de um marcador vermelho puxada pra fora e disse somente isto: "Leia."

Naquela página o Eclesiastes contava como o Sol nasce e se põe sempre voltando ao lugar onde nasceu. E todos os rios vão para o mar. Mas o mar não se enche nunca. E assim passa o tempo na face da Terra.

O Eclesiastes me fez entender o significado da solidariedade de meu grupo e o peso da solidão. Tirei um sarro de mim mesmo. Não era poeta nem nada, mas não resisti: queria escrever alguma coisa sobre minha ópera funk suburbana. Com a caligrafia caprichosa que aprendi com dona Maria, rabisquei isto pro Nonno:

*"Você tem razão, velho chapa: as meninas da meteorologia na TV deviam falar também sobre o pior dos tempos no palco de Sampa: o tempo da solidão."*

Escondido na biblioteca do sótão da pizzaria, cumpri o acordo com Dormonil: saí completamente de cena e me entreguei à conspiração de minha metamorfose. Era uma lagarta monstruosa lutando pra virar borboleta e voltar a voar nas ruas.

A patota dos motoboys entregadores de pizza perguntava pelo Cachorrão, dizendo que sentiam falta. Eu não era mimado por ser filho do patrão, mas por ser igual a eles, fazendo entregas comuns. Descobri que você não é nada quando não tem a solidariedade de seus irmãos de guerra. Mas como ninguém da família podia dizer nada, fiquei só.

Bruna foi a única pessoa que tentei rever com a ajuda de dona Maria. Mas Bruna tomou um chá de sumiço. Devolveu um bilhete meu com outro dizendo que achava que seu "George Clone" tinha morrido. O Clooney verdadeiro nunca iria fazer um papelão daqueles. Quase uivei. O choro abafado do Cachorrão abandonado era uma mistura de tristeza sincera e raiva. Bruna não deu chance de defesa ao sonhador que um dia levou pra ela orquídeas e a pizza mais saborosa do mundo, com uma elegância maior que a do galã da Nespresso. Bruna evaporou, desapareceu com aquele bilhete vulgar, com uma dessas frases cheirando a copia e cola de emojis no WhatsApp:

*"Estrelas apagam quando um Cavaleiro do bem vira um Darth Vader."*

Darth Vader fantasiado de motoboy da periferia? Quá-quá-quá. Ri da ideia. Bruna podia ter dito só *"tchau-tchau"*, confessando que nunca quis entregas de luxo. Era uma patricinha do Jardim que se divertiu com um motoboy de luxo. De repente me senti quase como um operário na fábrica dos garotos de programa da cidade grande. Quem era mesmo eu agora? Cachorrão? Sampa? Formigão? Clone do cara da Nestlé? Darth Vader transformado em garoto de programa?

*"Bem que dona Fá disse",* pensei, rasgando o bilhete em tantos pedacinhos quanto podia e jogando na caixa do lixo.

Lembrei do dia em que levei Bruna pela primeira vez à Pizza AD'Oro. Com aquele ar de nordestina desconfiada, dona Maria Farinha olhou de lado pro jeito como ela desceu da moto, se aprumando pra não perder o equilíbrio. Parecia um peixe fora d'água depois do voo entre o casarão nos Jardins e a pizzaria da periferia. Dona Fá disse isto, falando ao pé do ouvido:

"Vai ser difícil essa patricinha aí aprender como é que se refoga cebola sem queimar o alho e gata pula de traseira de moto."

Respondi sem pensar: *"quequeéisso, mãe. É por causa do salto alto?"*

Dona Fá não errava nunca. Alho dourava, mas nunca queimava no refogado dela. Os dias da fossa passaram, a barba cresceu, o cabelo ficou parecido com o de Cristo ou algum artista famoso do Rock in Rio. A imagem do motoboy de luxo sumiu.

Cachorrão, Formigão, quem quer que eu fosse agora queria voltar a acelerar, rodar, fazer a máquina do tempo roncar tão alto quanto pudesse para completar a metamorfose sugerida pelo historiador Da Silva. Ou Dormonil.

Queria fugir do palco cheio dos monges dos romances de Umberto Eco e anjos da virada do milênio de Harold Bloom, que o Nonno me fez ler e entraram em meus pesadelos. Num certo momento a impaciência atacou e destruiu o humor.

O motoboy não aguentava mais o gosto amargo da solidão e do estacionamento à margem dos voos rasantes diários nos corredores dos carros. Queria desafiar outra vez o vento e todos os sinais vermelhos antes que piscassem. Ligava toda hora pra Dormonil. E este parecia – ou fingia – não ter pressa nenhuma.

Devia estar mexendo pauzinhos, conspirando, armando alguma jogada. Sempre mandava esperar um pouquinho mais. Dizia que o sacrifício ia valer a pena. Com certeza ganhava tempo enquanto encaixava as peças de algum quebra-cabeça para o xeque-mate num xadrez onde só ele admitia que iria sair como vencedor.

# ATO XI
# GUERREIRA DA ZONA LESTE
## "OCHOS ADELANTE"

**L**uzes, câmeras, ação: o nome de alguns passos básicos do tango é "oitos para a frente". Tive de reconstruir minha imagem e até aprender a dança argentina. Surpresa? Agarre firme na garupa. O libreto da *Ópera Sampa* conta quem produziu essa espantosa metamorfose.

Dormonil deixou claro: se eu quisesse sair da enrascada em que me meti, tinha de colaborar com ele. Primeiro passo: atuar disfarçado como um pequeno empresário argentino-brasileño.

A operação começou com um programador que fez uma varredura no iMAC da Pizza AD'Oro. Rastreou arquivos apagados. Foi rápido. Com um ar de nerd vitorioso, mostrou na tela a origem do e-mail com o pedido de coleta da carga criminosa. Mostrou também o registro da proprietária do micro de onde saiu a ordem. Dormonil patrulhava tudo a distância, como se soubesse de cor e salteado o que seria descoberto.

Desconfiei que o micreiro não queria descobrir nada. A missão dele era confirmar de onde veio a ordem para a Pizza AD'Oro e me fazer ver o papel que ia desempenhar num palco armado por profissionais. Entrei de gaiato. Só restava decorar minha parte e dançar de acordo com a música tocada por Dormonil.

Conversei com o Nonno. Ele disse que fazia sentido. Vieram vasculhar meu micro, confirmar minha história e me treinar pra entrar na guerra. O risco era meu. Achei melhor nem pensar nisso.

Dei duro pra decorar minha parte no libreto. Tudo o que eu queria àquela altura do campeonato era pagar o preço de voltar ao meu mundo na periferia, pegando encomenda em lugar certo e sem muamba.

O programador disse que o micro de onde saiu a ordem de coleta para o iMAC da Pizza AD'Oro pertencia a uma argentina residente no Brasil chamada Lola Carbonell. O nome parecia mistura de soprano de ópera com marca de azeite de oliva espanhol.

*"Nome fantasia"*, pensei. *"Tipo polenta orgânica em beira de estrada."* Dormonil, que apareceu disfarçado na Pizza AD'Oro uma ou duas vezes, não aprovou. Comia uma calabresa e vinha continuar o trabalho de fazer minha cabeça. "Não basta ser do bem", dizia sempre. "Tem de lutar por ele." Eu não tinha saída nem nada a perder e concordei com tudo. Dormonil disse que rastreava o grupo de Lola Carbonell fazia tempo. Ia me fazer "dançar com a argentina".

Gostei da ideia. Uma *personal trainer* do grupo dele, chamada Miranda, veio reconstruir minha imagem. A missão dela era colar na cara do motoboy a máscara de um pequeno empresário do Mercosul. Primeiro achei graça. Depois o sangue gelou de novo na veia. Tentei me imaginar dançando *ochos cortados, parejas* e outros passos misteriosos do vocabulário do tango. Olhei pro espelho várias vezes tentando ver o motoboy da Sampa no papel de argentino. Não via nada a não ser a barata da metamorfose de Kafka no meio de uma balada louca.

Miranda, a personal trainer que produziu essa metamorfose, apagou todas as lembranças amargas de Bruna e entrou em meu coração sem que eu percebesse. Disse que trabalhava como treinadora de usuários de Harleys da PF; se quisesse, podia chamar pelo nome de guerra: Mimi. Às vezes Mimi parecia uma Yemanjá Olímpica: uma atleta forte mas feminina, com traços duros mas perfeitos. Em dias de folga dava aulas às *Ladies of the Road* da Harley e assim conheceu Lola.

Não era preciso forçar a imaginação: Mimi veio construir uma ponte pra me infiltrar no meio de marginais. Num fim de semana ela chegou nervosa e apressada. Disse que ia dançar comigo pela última vez. Queria testar o ator antes do encontro com Lola numa boate da moda. Me enfiou num smoking tropical e dançou comigo na frente de uma GoPro filmando tudo que ensinou sobre os dançarinos de tango. Mimi reinventou minha imagem como uma produtora teatral rigorosa e obstinada, tentando parecer alheia ao calor do meu corpo. Não conseguiu.

Acho que se traiu. Não estava só interessada na virtude que leva ao ouro olímpico. O peito arfava quando dançava comigo, como se a tenente Miranda lutasse para não jogar o rigor militar pro ar, sucumbindo às tentações da carne.

Desisti de beijar a boca de Mimi e pensar nela nua na cama quando me vi dançando no YouTube. Eu não era mais eu. Era Johnny Aspicuelta no mundo virtual criado por Miranda. Vi também filmes de Lola, a quem ela entregou minha falsa identidade: brasileiro-argentino louco pra conhecer outros motociclistas e gente de negócios do Mercosul. Seria um bom par: Lola era apaixonada por Harleys e Ducatis.

Percebi ciúme e quase uma lágrima nos olhos de Mimi quando se despediu no dia de meu encontro com a Argentina. A Guerreira da Zona Leste não queria me entregar a outra mulher. Quis perguntar por que não ficava comigo pra sempre. Ela tapou minha boca e disse isto:

"Coração amolece, garotão. Cabeça tem de ser dura de vez em quando. Vá dançar com a inimiga."

Fui. A boate onde ia encontrar Lola ficava num ponto badalado entre o Jockey e o Morumbi. O endereço só circula nas redes sociais dos donos da noite. Assim evitam os novos-ricos barulhentos da periferia que falam alto e usam perfumes que ofendem o olfato da elite abonada dos Jardins. Não muito distante dali, existiu o palacete de um banqueiro que teve os bens confiscados, levando políticos e ricaços pro seu inferno astral. Esquinas engraçadas aquelas: mistura de submundo com milionários sonegadores, cafetões e corruptos. Ponto de travestis cheios de silicone no peito. Alojamento de jóqueis que fazem greves. Cocheiras com garanhões ingleses, argentinos e zebras. Tudo junto. O Nonno dizia que aquela esquina do Jockey e a ladeira do Morumbi, perto do Palácio do Governo, recordista em assaltos, eram os melhores "paradoxos lógicos" de Sampa. Perguntei o que era isso e foi assim que fiquei conhecendo a barata kafkiana. Segundo ele, a barata de Kafka era um paradoxo: ela existia, mas só na imaginação de um personagem que acorda como barata. Motoboys eram paradoxos sem lógica. Foram criados pela cidade porque ela precisava deles e eram odiados como baratas kafkianas quando atrapalhavam o tráfego.

Entendi. O Cachorrão, cria legítima da *Ópera Sampa*, era agora o Estado da Arte de uma metamorfose kafkiana. Tinha de pilotar a máscara de um argentino-brasileiro. Uma espécie improvável, mas bem produzida por uma Yemanjá Olímpica bela e perfeita que se chamava Miranda, e nunca deixou Mimi cruzar a fogueira da tentação tatuada no meu peito:

*Altar dos Desejos.*

Fui obrigado a usar máscara e completar a transformação. A patota dos motoboys tinha razão: tem gente que nasce pra certos papéis. Nada me impedia de reinventar Carlos Gardel misturando perfis de atores famosos como Gianecchini, Cauã, roqueiros cabeludos e passistas da *Dança dos Famosos* do Faustão. Tudo é possível. Comecei a gostar da ideia de dançar um samba-tango com a argentina.

Minha missão era entrar no círculo de Lola Carbonell e explorar uma parceria comercial. Passei a contar os minutos pra vestir o figurino e usar a máscara. A barata ia virar borboleta. Ia voar.

Descobri no meio das velharias do Nonno alguns discos de vinil dos anos 1950. Adorei a capa. Principalmente por causa da mão

esquerda e da gravata da mulher que dança com um vestido cor de sangue. Tinha o dedo no gatilho e quem usava a gravata não era ele: era ela. Podia ser Mimi que dizia: "Vá." Podia ser Lola que dizia: "Venha." Dizem as lendas que mulheres que dançam tango costumam ser tão encantadoras quanto mortais.

# ATO XII
## "UN RAYO MISTERIOSO"
### MILONGUERA DE OJOS NEGROS

Vi Lola pela primeira vez na noite de uma balada. Ela era tudo o que Mimi tinha como mulher, mas pelo avesso e no espelho mágico de um tango. Mimi era uma guerreira tão doce quanto dura e obstinada. Lola era uma milongueira trepidante com cabelos de cigana. Mimi exercia seu papel no palco sem se desviar nem um milímetro do roteiro militar escrito para a tenente Miranda. Lola se entregava à eletricidade da música. Se alguém oferecesse maçãs a Mimi, ela ia cheirar antes de morder pra saber se não eram envenenadas. Lola ia arrancar um pedaço maior que o da maçã de Eva e da Apple.

Nem de longe Lola lembrava a Guerreira da Zona Leste que me ensinou a dançar com a inimiga. Mimi entrou devagar em minha alma e sumiu porque a vontade de aço domou o coração e mandou: "Vá." Lola era uma invasora. Senti, desde o primeiro minuto, que invadiu meu peito.

Quando descobri Lola no meio da névoa eletrônica ela balançava o corpo dançando sozinha. Mexia as mãos com mais gestos e graça que uma deusa indiana de mil braços. Assim foi se formando e amadurecendo no fundo dos meus olhos a imagem da mulher inimiga: Lola Carbonell. E um raio misterioso caiu naquele palco e me empurrou para ela.

Lola se encaixava com perfeição no clichê da amante fatal das letras de tango de Carlos Gardel, copiadas por noveleiros e escritores de romances encomendados. Eu era um peixe fora d'água. Podia ser qualquer coisa: até um Al Pacino cego, dançando "Por una cabeza" ou "La noche que me quieras". Por que não?

Deu pra sentir no ar: não tinha saída. Um raio misterioso me embriagava e me atraía.

Então, em vez de me apresentar como amigo da Miranda, a personal trainer que dava aulas de direção defensiva às *Ladies of the Road*, resolvi simplesmente dançar.

Esqueci o esquema policial, motos, tudo. O raio que caiu me fez simular todos os *arrastres, caminadas, ganchos* e o que mais viesse no tango imaginário rodando na mente. Me exibi como o cão dominador no cortejo nupcial perto da poça d'água da parada do Valo Velho. E me entreguei à balada eletrônica e ao show corporal da mulher inimiga.

Lola dava um chega pra lá em todos os Cachorrões fascinados que cortejavam a mesma fêmea, farejanfo o cio e se embriagando com o perfume do corpo sob holofotes tontos.

Balanço, sons e luzes de baladas grã-finas nunca foram minha praia. Mesmo assim assumi a metamorfose: reinventei o EU do Cachorrão dos forrós da periferia. Dancei. Metido no smoking tropicalizado, imitei como pude os bailarinos da noite de Buenos Aires. Só faltava o cabelo com gel e a cara alva grafitada com costeletas. Com os cabelos grandes e soltos e a barba de um Cristo amazônico, comecei a desafiar o compasso do DJ. Não ouvia mais o balanço da balada. Ouvia:

*Como rie la vida si tus ojos negros me quieren mirar.*

Mutação total. Mistura impossível de Jorge Luis Borges com Jorge Amado, com pitadas da elegância dos ciganos dos poemas de García Lorca que minha mãe lia pra mim ao pé da cama quando era criança. O Cachorrão agora pilotava a imagem de um porteño-paulistano na noite dos Jardins. E me balancei um tempão na frente de Lola sem medo de parecer ridículo, até atrair a atenção dela com a máscara criada por Dormonil e Miranda. Tinha definitivamente apagado a imagem do motoboy preso na Marginal. Eu não era mais eu.

Talvez só agora, Faca Amolada, você tenha percebido como pode ser nublada a fronteira entre a realidade e a fantasia neste mundo ou submundo e no palco da *Ópera Sampa*. Bruna me deu uma pequena lição de como eu podia ser explorado. Agora aprendia a lição completa. Tentava ser o explorador. Da cabeleira aos pés, não era mais o Clone de George, o garotão ingênuo copiando a paixão tipo Nespresso. O Cachorrão cheio de fantasias que levava pizzas com alecrim, manjericão e azeite extravirgem para Bruna sumiu. Era, agora, o produto do punhal da surpresa, das circunstâncias e do desenho do lápis na mão da Guerreira da Zona Leste.

A máscara que TodoMundo desenhou na cara da realidade sentiu que estava sendo arrancada de cima da moto pela mão da mulher inimiga. O instinto animal foi mais forte e recriou a dança nupcial do Cachorrão procriador da periferia. Ele agora era uma imitação barbada e cabeluda de Carlos Gardel.

Não é fácil sair do compasso que se aprende em forrós, funks, rodas de samba, pagodes ou axés da periferia e entrar no compasso de um tango imaginário numa balada nos Jardins. Só o Nonno entendeu minha metamorfose. Disse que, se eu quisesse saber mais sobre o destino do Cachorrão, devia reler a metamorfose de Kafka, tentar entender a teoria neoplatônica dos números nupciais e ler mais sobre a Guerra do Paraguai.

Quer saber o que é a metamorfose de Kafka, teoria neoplatônica, números nupciais e como foi a Guerra do Paraguai? Só dona Maria quis. Um dia ela resolveu fazer faxina no sótão do casarão onde o Nonno guardava os livros da Itália e outros que a baronesa do café deu a ele de presente, além dos muitos que importou quando começou a ganhar dinheiro. Quando terminou, com uma cara de espanto, disse ao meu pai:

"Pietro... contei mais de cinco mil livros... tudo com notinhas a lápis. O Nonno fica lá em cima sozinho, sentado com as mãos segurando a cabeça, mais curvo do que o cachimbo de Sherlock, lendo... Pietro, ele me disse que leu tuuuuudo... e está escrevendo outro livro."

Meu pai riu e respondeu com uma pitada de ironia: "Livro? Quem lê?"

Dona Fá continuou espantada. Qualquer um pode escrever livros, mas com 80 anos? Todo mundo agora navega na telinha. E que diabos uma pessoa com aquela idade ainda tentava enfiar na cabeça dos outros?

O fato é que o Nonno tinha mesmo lido todos aqueles livros guardados no sótão onde me escondi. Falava grego, russo, espanhol, inglês, francês e latim além dos dialetos da Toscana e até chinês. Um dia, só pra testar, fiz a ele a mesma pergunta boba dirigida aos oráculos: "o que é realidade?"

A definição do Nonno foi muito melhor:

"Realidade é uma fantasia que deixa você pilotar sua máscara."

Procurei aquilo no Google, Yahoo etc. e não achei em lugar nenhum. O Nonno era assim. Gostava de pilotar sua máscara, mesmo que fosse a máscara de um inventor filosófico de pizzas. De vez em quando ele enchia o peito e gritava para a pizzaria lotada, como se estivesse num anfiteatro grego com a missão sagrada de definir o caráter de todas as obras de arte que tirava do forno a lenha. Testava o perfume dos temperos com as aletas do nariz bem abertas e anunciava aos berros:

Antígona, Maria Bonita, Jocasta...

Podia ser Antígona, podia ser Maria Bonita em homenagem à minha mãe, podia ser Medeia, Jocasta, Édipo ou nome de filósofos gregos, de Pitágoras e Thales de Mileto, Eratóstenes, Sócrates, Platão.

Assim eram os nomes no cardápio da Pizza AD'Oro. Ele nunca deu a nenhuma pizza o nome de Aristóteles porque tinha "razões platônicas" para isso. Aristóteles freou o desenvolvimento do pensamento lógico durante mais de mil anos.

Não entendi. O Nonno disse que se eu quisesse mesmo entender teria de começar pelo dó, ré, mi, a escala pitagórica e o teorema que nunca foi escrito como se ensina hoje: $a^2+b^2=c^2$.

Falou como se sondasse o fundo de meus olhos. Com certeza queria ver se, por um milagre, um motoboy da periferia se interessava por álgebra, teorema de Pitágoras e música dos números. O velho chapa percebeu meu ar de WhatsApp e disse isto:

"Resista, menino. Não vire mais um escravo do ti-ti-ti na telinha. Estude história. Sabia que o criador de *Alice no País das Maravilhas* era matemático?"

Dessa vez entendi. Mesmo assim, a história da álgebra, números fatais, teoria neoplatônica e Alice ficaram pra depois.

Às vezes o Nonno exagerava. Até Nero foi honrado entrando na lista dos nomes das pizzas quando tostavam demais o lado de baixo da massa. Aristóteles, não. Nunca entrou. Nem nas mais inocentes torradinhas.

A clientela adorava a pizza teatral do Nonno. Suspeito que iam consultar dicionários ou entravam no Google quando chegavam em casa. Talvez houvesse quem queria descobrir a origem filosófica do sabor provado naquele dia ou naquela noite.

A maior parte com certeza achava o molho e a cobertura na massa que engoliram mais fáceis de digerir que o teorema de Pitágoras, a lógica aristotélica e as respostas do Google a todas as outras máscaras pregadas na cara das pizzas pelo Nonno.

Quer saber mesmo o significado da realidade? A clientela tinha uma resposta bem simples: é o sabor da pizza, mesmo quando tinha temperos esquisitos.

Aprendi muito com as divagações filosóficas do meu avô italiano e suas lições sobre temperos esquisitos. Aprendi mais ainda na noite em que a fantasia testou os limites de minha capacidade para dominar a máscara do argentino diante da máscara de Lola. Lembrei muito do que disse Mimi: "boa sorte com a inimiga."

Tinha de controlar meus passos sob a luz da balada e domar todos os instintos se quisesse seguir a lei de Miranda: "de vez em quando o coração bobeia. Se não blindar a cabeça, se ferra." Eu sabia que a metamorfose do Cachorrão foi feita pra dançar com a inimiga, e isso não saía da cabeça. Mas, diante da argentina, entendi o tamanho dos desafios que a mãe natureza espalha por aí.

Caprichei na expressão corporal e fiz o que pude para pilotar o diálogo das máscaras: a minha e a dela. Só que o raio misterioso caído no coração do Cachorrão procriador e primitivo foi mais forte. Não deu. O Anjo do Inferno dos motoboys da periferia era o mais forte da matilha perto da poça d'água e queria a fêmea. Mesmo que fosse a mulher fatal do último tango das noites de Buenos Aires.

Lola respondia com o mesmo e puro instinto animal, e se divertia com minha cara e os passos em falso do samba-tango. O argentino-brasileño balançava como um tonto, tentando transformar a batida do DJ tropical no ritmo de "El dia que Me Quieras". Com um sorriso maroto e carregando nos rrrs ela perguntou:

"Arrrrrgentino?..."

Caprichei no portunhol e respondi:

"Si, si, un poco lá, un poco cá... Brasileño. Argentino. Meio Paulistano."

Devo ter imitado bem o portunhol dos brasileiros que tentam comprar simpatia na Calle Florida mostrando notas de cem reais. Lola continuou dançando, me olhando de alto a baixo e sorrindo da mistura de tango, balada tropical, espanhol e português. "Creo que tenemos la misma personal trainer", disse ela. "Miranda. Mimi. Mimi te adora."

"Sim, si, si, Miranda", respondi, feliz por ter encontrado a tábua de salvação fabricada para aquele encontro.

"Mimi me dijo que le gusta mucho esta boate. Creo que tenemos la misma passión: motos. Venga. Te voy enseñar a dançar samba-tango."

E assim foi que dançamos e dançamos e dançamos pela noite e a madrugada adentro, e pude farejar de perto o cheiro da pele e do suor. E sentir o calor do corpo e os perfumes secretos que Lola espalhava no ar.

E creio que ela também gostou do meu cheiro e do meu abraço, e do calor do meu corpo e da mistura de espanhol com português que chegava ao ouvido com regras gramaticais e compassos criados no espaço da mais pura fantasia.

Tentei desesperadamente pilotar a fantasia. Queria controlar a máscara e voltar à realidade entre holofotes, mesas de bar e pistas de dança. A imagem olímpica de Mimi flutuava, de vez em quando, em minha cabeça: "Vá." O que seria real no tango imaginário que comandava meus passos perdidos naquela noite?

E a noite se foi. Era tarde quando alguém na mesa de Lola chamou o garçom pedindo a conta. Ela disse que era mesmo muito tarde. Pediu meu número de telefone. Dei um cartãozinho com o número do celular e o nome inventado por Dormonil:

**Johnny Aspicuelta Gardel**
*Exportación & Importación*

O tempo passou. Uma ou duas vezes em fins de semana Lola convidou Johnny Aspicuelta Gardel para rodar com ela e os bandos que pilotam motonas na Rodovia dos Bandeirantes. Iam tomar café e jogar conversa fora na parada da Lagoa Azul, suspensa sobre a estrada. Voltavam voando para o coração de Sampa no fim da tarde, quase todos em paz com a estrada. Alguns em guerra. Sujos, barulhentos, tentando reacender a lenda dos Hell's Angels que infestavam as estradas da Califórnia no Dia do Trabalho americano, assombrando mamães e papais pacatos.

Quando todos cruzam a Marginal, os túneis do mundo real surgem e sugerem que haverá alguma luz do outro lado. Mesmo quando a travessia é feita rodando na marcha lenta e no compasso solene, às vezes fúnebre, às vezes alegre, barulhento e sagrado dos colossais engarrafamentos da cidade.

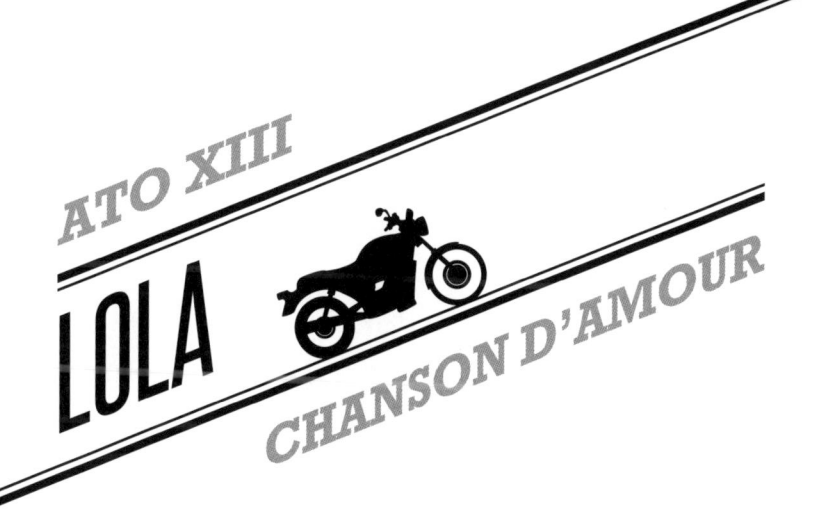

# ATO XIII

# LOLA

## CHANSON D'AMOUR

**T**odas as noites acabam quando alguém pede a conta. Bem que eu queria que a noite do meu primeiro tango imaginário não acabasse nunca. Mas a conta chegou. Lola voltou para a mesa dos amigos, que chamaram o garçom.

Cumprimentei discretamente o grupo: o que parecia líder tinha olhinhos rasgados de índio cocalero boliviano, colombiano ou contrabandista asiático. Os outros eram o pelotão subalterno. Devolveram meu olhar como se tivessem fuzis Kalashnikov embalados, prontos pra atirar por baixo da mesa.

Percebi que Lola disse alguma coisa sobre mim. Imaginei o que fosse: "empresário argentino-brasileiro que adora motos etc. Pode ser parceiro." Assim nasceu o personagem inventado por Dormonil. Sorriram dando adeusinhos.

Sorri também, retribuí o adeusinho e saí tão rápido quanto o calouro que se deu bem num trote e tratou de desaparecer, antes que algum veterano resolvesse raspar seu cabelo.

Dormonil disse que acompanhou tudo através das câmaras de TV da casa noturna. Elogiou minha performance.

Balançando como sempre na cadeira e com um ar de quem não tinha pressa nenhuma, ouviu minha versão de outros encon-

tros com a turma de Lola, pilotando em grupo pelas estradas nos fins de semana. Ganhei palmadinhas nas costas e até um elogio.

"Miranda te treinou direitinho, garotão. Gostei do tango. Vê se não vai sair por aí derrapando com as motonas."

Fiquei com a impressão de que Dormonil também se congratulava consigo mesmo. Tinha descoberto, por acaso, um ator nascido e criado na periferia que se encaixava com perfeição no palco complicadíssimo da ópera que inventou.

Fiquei imaginando quanto tempo mais aquele teatro ia durar. Dormonil respondia às minhas perguntas com muitas palmadinhas nas costas. Garantia que não era teatro. Era uma operação.

"Sou um operador dentro da nova Guerra do Paraguai. Você entrou no jogo." Me arrepiei quando ouvi isso. Não entrei em guerra nenhuma. Fui arrastado por bruxas e demônios. Dormonil disse que minha missão agora era continuar vendo Lola e ganhar a confiança do grupo dela. Lola não passava de uma sardinha num cardume de tubarões, contrabandistas e políticos corruptos sofisticados que arrebentam as fronteiras do Brasil, sobem a BR-116 e invadem Sampa. Só ia puxar a rede quando ela enchesse.

O tempo passou. Um belo dia Lola ligou, e o convite que fez não era para rodar na Bandeirantes:

"Arrrgentino? – Si... sim...", respondi. "Como estás?" Lola me levou para comer os famosos pastéis do Hocas no Mercado Municipal. Queria comprar tâmaras frescas de Israel e da Califórnia que apareciam ali em algumas barracas de frutas. Programa de aparência banal, cheio somente de cheiros e sabores. Mas aquele sábado foi bem diferente dos outros na estrada. Enquanto comia frutas e pastéis ela perguntou por que eu não rodava na cidade.

"Muy peligroso", respondi sorrindo, tentando dissimular minha incapacidade de mentir. No minuto seguinte, quem voava na garupa da Fat Boy Low de Lola era eu, motoboy da periferia que nunca andou em garupa de mulher nenhuma. Lola saiu do Mercado Municipal e pilotou como se fosse Schwarzenegger no *Exterminador do futuro*. Metida numa roupa de couro preto, botas de coturno alto e adereços prateados com fitinhas esvoaçantes, costurou no meio de um congestionamento entre a 25 de Março e a Bandeirantes com o motor roncando. Abriu caminho ziguezagueando tanto que me deixou tonto. Respirei aliviado quando entrou numa rua apertada perto da zona chique da Faria Lima. Grupos de motoqueiros com máquinas de grande cilindrada costumam se reunir ali nos fins de semana. Meus dentes ainda rangiam quando saltei. Acho que ela percebeu isso quando parou com o escape aberto, roncando duas ou três vezes. Saltou rindo e foi recebida com uma salva de palmas pela galera amiga que enchia a cara nas mesas na porta de um bar. Fui tomar um cafezinho e um gole de água com gás tentando me refazer do susto, enquanto ela conversava animada com uns e outros acertando negócios ou passeios futuros. Fui apresentado como um coelhinho capturado no colo de uma fada boba: "amigo empresário arrrrgentino-brasileño. Muy amigo. Muy amigo."

Quando voltou para a moto, me puxou pela mão. Apontou para um prédio alto nos arredores e foi direto ao ponto: "Tá vendo ali? Vigésimo andar. É a Torre da Princesa. Quer subir e dançar um tango?"

Lembrei dos amigos dela que conheci na boate e achei que ia acabar como nos seriados do tipo *The Walking Dead*. Fui mesmo assim.

A realidade foi bem diferente das cenas de sexo enlatadas da TV. Nunca mergulhei em tantas fantasias quanto naquela tarde de sábado, ouvindo discos de vinil, depois de almoçar os famosos pastéis do Hocas e comer tâmaras frescas na Torre da Princesa, isto é, no *flat* de Lola. A dona do compasso e do ritmo era ela. Lola estava me ensinando a dançar tango. Ela sabia de cor e salteado e se antecipava a cada passo daquele que eu mais treinei:

> *Acaricia mi sueño*
> *El suave murmullo*
> *De tu suspirar*
> *(...)*
> *Como rie la vida*
> *Si tus ojos negros*
> *Me quieren mirar.*
> *(...)*
> *Las estrellas celosas*
> *Nos mirarán pasar*
> *Y un rayo misterioso*
> *Hará nido en tu pelo*

Dormimos como crianças depois de dançar e dançar. Cobri delicadamente o corpo de Lola com um lençol quando saí da cama, onde ela parecia flutuar nas nuvens de algum sonho impossível. O *flat* ficava num desses prédios híbridos de escritório e residência cheios de janelonas, varandas e luz, que vão tomando conta daquele pedaço da cidade. Me espichei num sofá e fechei os olhos só para abrir de novo uma vez ou outra, sentindo a luz do sol da tarde jorrar por todos os lados. Que fantasia seria aquela em que eu perdia completamente o controle da máscara?

Um despertador de celular tocou no quarto ao lado e meus pensamentos voltaram à Terra. Quando Lola apareceu na sala, percebi que me olhava diferente: era um olhar tipo farol de neblina, uma curiosidade amarela, mistura de desejos, suspeitas e talvez leitura da minha ingenuidade. Os faróis acesos nos olhos dela pareciam perguntar:

"O que virá na curva depois da derrapada?"

Só então senti todo o peso de minha metamorfose, minhas mentiras e minhas fantasias. Era como um motoboy lendo de manhã cedo um horóscopo e interpretando o texto de seu signo como profecia. *Nunca entre em alta velocidade no corredor enorme de um túnel engarrafado sem levantar a viseira: ela pode embaçar de repente.* Me senti dentro do túnel tentando atravessar o corredor a cem por hora, sem levantar a viseira, com ela toda embaçada.

O olhar de farol de neblina e dor no rosto de Lola durou só um segundo. A eletricidade voltou e ela tentou ser gentil. Disse que aquele era seu *home office*. Vivia e trabalhava ali. Mudou a planta do apê separando só o pedaço íntimo da cozinha, banheiro e suíte. A sala enorme servia como escritório e ambiente pra receber clientes. O condomínio misturava moradia e trabalho. Tinha marcado um encontro com o grupo que vi na boate. Ia me apresentar a eles. O sangue gelou na veia e pensei: "*Vai começar a Guerra do Paraguai.*" Reagi rápido e disse: "Ótimo... ótimo."

Telas de computadores se espalhavam em cima de uma bancada. Lola era programadora e mexia com sistemas e várias áreas de informática. Sofás pelos cantos, uma mesa de sinuca e uma estante de vidro cheia de miniaturas de motos completavam o ambiente. E fotos. Muitas fotos dela mesma espalhadas pelas paredes: *takes* em que desafiava qualquer senso de equilíbrio em cima de duas rodas. Quem capturou aquelas imagens tinha olho. Algum fotógrafo acostumado a cobrir corridas em Interlagos, talvez. Clicou Lola em todos os ângulos, velocidades e dimensões que o espaço e o tempo permitem sobre duas rodas. Além de uma Fat Boy, ela aparecia pilotando também uma sinistra Ducati Diavel Dark. Eu não gostava das Ducatis. Mas respeitava a galera que voava com elas na Bandeirantes nas manhãs dos fins de semana e feriados ensolarados, curvados, agarrados ao guidão curto, garfos com efeito diamante, tala larga na roda traseira, desafiando o vento, as patrulhas e multas da Polícia Rodoviária Federal. Lola leu meus pensamentos e perguntou em portunhol:

"Desde quando pilotas motos de grande cilindrada?"

"Desde niño com mi abuelo italiano y mi padre", disse eu tentando levar a conversa para outro lado, elogiando a paisagem com as artérias cheias da Marginal e os espigões do Morumbi a distância. Ela insistiu:

"Mimi me disse que tienes otras motos belíssimas."

"Si, si... una pequeña colección", respondi rindo e tentando fugir de novo.

"Que modelos tienes?"

"Softail de Luxe, Electra glide..."

Softail é um modelo que amortece a trepidação dos cilindros, mesmo com um bom cano de descarga aberto para ouvir a música que é a marca registrada da Fat Boy: *potato-potato-potato* (*batata-batata-batata,* em inglês). Lola olhou para mim e ouviu pacientemente minhas histórias sobre motos, como se estivesse testando.

Johnny, o mentiroso camuflado por baixo da fantasia de dançarino. Queria ver até onde eu ia como ator dentro do meu papel. A paixão pelas motos era verdadeira. Contei que a turma dos modelos de grande cilindrada da Harley tipo Electra é mais estradeira, família, longa distância. Nunca aceitam desafios para um racha.

Falei nas Softail, Electra e Heritage de propósito. Assim, quando voltasse a sair em grupo pelas estradas, ela não ia acelerar a Ducati só pra testar até onde meu velocímetro ia.

Meu recorde com uma Softail era de 170 em reta, num dia de pista aberta na Interlagos. Fui criticado nas redes sociais por harleyros conservadores, pelo mau exemplo de querer transformar moto estradeira em moto de competição.

O interfone tocou. Lola atendeu e autorizou a entrada de alguém. Quando a porta do elevador abriu, saíram de lá os três amigos que estavam com ela na balada.

Passaram por mim olhando de lado e foram apreciar a paisagem pela janela. O oriental, que tanto poderia ser chinês quanto coreano, cocalero boliviano ou colombiano, foi o último a entrar.

Abriu aquele tipo de sorriso que pode significar qualquer coisa, disse "boa tarde" em espanhol e inglês e se juntou aos outros. Lola me puxou para perto da mesa de sinuca e fez minha apresentação formal aos quatro:

"Johnny Aspicuelta."

Eu era o tal empresário argentino-brasileiro de exportação e importação com quem ela estava discutindo uma parceria comercial em Asunción, como já sabiam.

O esquema de Dormonil era mais forte do que minhas fantasias e cada vez mais eu me enredava nele. O sangue gelou de novo nas veias. Reagi como pude. Sorri e engatei uma conversa num tom cordial.

Discutimos a abertura de uma operação comercial conjunta com sede no Paraguai e foco no Brasil e na Argentina. Prometi dar uma resposta rápida e me despedi. Lola me levou até o elevador e disse, olho no olho:

"Tchau, Johnny. Vamos continuar hablando."

Até hoje ainda me pergunto de quem ela se despediu naquele dia: de mim ou da máscara de Johnny, o soldado inventado por Dormonil pra se infiltrar na Guerra do Paraguai?

# ATO XIV
# METAMORFOSE
## GARAGEBAND JAZZ

**D**ormonil, isto é, Da Silva ouvia pacientemente meus relatórios sobre os encontros com Lola e seus parceiros. Parecia conferir o tom da voz e a capacidade de um tenor improvisado para cantar no meio de atores profissionais do Comando Vermelho e contrabandistas das fronteiras. De vez em quando elogiava, mas sempre como um operador do mercado: mão no freio. Pronto pra evitar qualquer tentativa de virar na esquina errada.

Da Silva mandava me buscar em sigilo para conhecer outros operadores. Sentava atrás de uma mesa no meio de uma sala tão nua quanto um quadro-negro sem giz. Nada nas paredes. Só a mesa e duas cadeiras face a face. Lá fora a vida borbulhava com os caminhões da Ceasa cheios de todos os cheiros verdes. Do lado de dentro não se via nem ouvia nada além de um ventilador de teto com as pás girando e zumbindo como as asas de um marimbondo. Os polegares das mãos dele entrelaçadas sobre a mesa giravam como uma engrenagem hipnótica. De vez em quando a cabeça balançava num compasso meio autista, sincronizado com o que eu ia contando. Parecia concordar com tudo e com nada.

Certa vez, parou de repente a rotação dos polegares e apontou o dedo pra meu nariz. Parecia uma .48 engatilhada. Perguntou com um sorriso gelado:

"Já se apaixonou alguma vez pela inimiga?"

Entendi logo o significado do olho no olho que acompanhou a pergunta: eu estava na frente do investigador do *Crime e castigo*. Mesmo sem me sentir culpado, era um Raskolnikov tentando não deixar transparecer o remorso por não seguir a lição de Miranda: "o coração pode vacilar, a cabeça não." Devo ter vacilado. Dormonil nunca deixou de ser cem por cento Da Silva: percebeu meu vacilo e registrou com um sorriso gelado. Naquele dia de interrogatório e preleção, ele se despediu de mim com as palmadinhas de sempre nas costas, repetindo orientações sobre segurança: guerra é guerra. Antes de fechar a porta da sala, olhou no fundo de meus olhos e disse:

"Lola pode não ser tão inimiga quanto você imagina. É uma boa rival pra Miranda."

Perguntei insistentemente por quê. Só ouvi em resposta um conselho parecido com ordem de sargento a soldado raso: "Não esqueça seu papel no palco, Johnny Aspicuelta. Nem Don Juan nem Superman. Continue no hotel-residência onde lhe botei. Não tente voltar logo pra casa. Pode desconstruir o personagem e ferrar tudo."

Repetiu que a equipe monitorava todo mundo o tempo todo, e meu papel não era tão difícil assim: passar por um pequeno empresário jovem e ambicioso, um pouco ingênuo, achando que podia se aventurar num palco de contrabandistas, criminosos e velhas raposas políticas. Na pele de Johnny Aspicuelta Gardel, eu podia dançar o tango que quisesse com Lola. Mas seria uma dança envenenada até o fim.

Ahaaa! Você errou feio, Faca Amolada, se acha que Lola e eu copiamos histórias de casais inimigos na ficção e amantes na vida real: tipo Angelina Jolie e Brad Pitt. Logo logo você vai saber por que a história do Cachorrão não cabe no clichê. A mata atlântica e as fronteiras do Brasil não deixam TodoMundo escrever libretos com fórmulas importadas de Hollywood ou da Ópera de Milão.

O tango que o Cachorrão foi obrigado a dançar era tão desengonçado quanto as aventuras do cão de raça que um dia come o filé da madame, no outro é abandonado e acaba comendo bucho de bode ou sobras da sopa de um Sem-Teto na Cracolândia. Se imaginar um fundo musical para essa Ópera, não saia por aí pensando em Gershwin, *West Side Story* e Frank Lloyd Weber. Não existe uma Ordem dos Velozes Cavaleiros de Sampa, com rituais do tipo *Game of Thrones,* ou a coreografia de "Não chores por mim, Argentina." A *Ópera Sampa* mistura Mamonas Assassinas com Villalobos, valsa com rock e pagode, Tom Jobim com todos os sons da sinfonia sem compasso das ruas. Nesse palco a periferia de Sapopemba canta em coro com tenores do Municipal.

Minha missão ali era misturar samba, tango, guarânia paraguaia e uísque com guaraná. Seja lá como for, se você quiser descobrir algum Band-Aid no calcanhar de Lola, ou saber mesmo como acaba a história do Cachorrão e que tipo de herói ou anti-herói ele é, segure firme. Não caia da garupa.

Você já sabe que essa história não começa no minuto em que o motoboy caiu no asfalto pilotando uma Night Rod em alta velocidade. Por que corria? Por que costurava alucinado no meio de

um corredor da Marginal? Que demônios perseguia? Qual seria a altura do muro das lamentações que ele tentava escalar?

Não se espante. Sampa é assim mesmo. Ninguém sabe quantas metamorfoses mascaradas quebram a casca de um ovo e vão desfilar no Sambódromo. Quantas batidas de samba se misturam todos os dias com jazz, rock, rap ou funk. Camelôs podem passar gel no cabelo, alugar um smoking e virar estátua, catando trocados com um chapéu aos pés. Nunca se sabe: alguém pode ficar famoso imitando Elvis Presley na 25 de Março ou na porta do Municipal. *Money*, mesmo que sejam moedinhas jogadas num velho chapéu Ramenzoni, muda tudo no grande mercado do Anhangabaú.

De novo: o que é real na *Ópera Sampa*? O que pode ser real no perfil agridoce da cidade? Quantas lágrimas lavam todos os dias e noites o silêncio do muro das lamentações? Por que tanta gente tenta ganhar a vida em cima de duas rodas? Por que motoboys são odiados, se foram criados por TodoMundo pra atender o enorme mercado de projetos engarrafados, despachos, envelopes lacrados, remédios urgentes, quentinhas, pizzas e tudo o mais que mata a fome antropofágica da cidade? Que tal chamar a Amazon para trocar todos os motoboys por drones e levar para a mesa de transplante o coração arrancado de alguém que morreu no asfalto? Não parece lógico?

Olhe de novo para Johnny Aspicuelta Gardel: bruxarias o transformaram num aluno aplicado. Aprendeu a dançar tango frequentando aulas com a Guerreira da Zona Leste escalada por um policial federal historiador que queria ser como Sérgio Moro. Isso não existe? Pode existir, sim. Vá em frente. Veja: o motoboy desta história teve de sair do mundo onde vivia e se reinventar para entender o espírito da BR-116. Aprendeu a falar portunhol como um microempresário que queria ampliar negócios no Mercosul usando o Paraguai como trampolim. Impossível? Por quê? Era só mais um que cedia à tentação de enriquecer na nova guerra das fronteiras do Brasil e das ondas de contrabando que atravessam o Pacífico, a terra dos cocaleros e entra no Brasil pelas fronteiras. Mais um inspirado pela máscara dos deputados que juram nunca ter recebido um tostão do assalto à Petrobras, nem saqueado fundos de pensão e cobrado pedágio nos empréstimos consignados dos funcionários públicos. Prostitutos são eternos. *"Quem estiver isento de pecado que atire a primeira pedra."* Lembra? O Cachorrão sabia que só tinha um jeito de sair da armadilha onde caiu transportando uma encomenda criminosa: dançar no palco até o fim.

O tempo passou. Um belo dia Dormonil disse que chegou a hora da última cartada. Com um RG falso e um passaporte do Mercosul no bolso, o Cachorrão se lembrou de novo do livro que o Nonno mandou ler, num tom de ordem marcial: *"Leia. Este você tem de ler."*

E ele leu de novo a *Metamorfose* de Kafka. Johnny Aspicuelta ainda não era o cara que acorda transformado na barata kafkiana. Mas estava quase lá, fantasiado como empresário do Mercosul.

A turma de Dormonil ensinou o que pôde: usos, costumes e até as notas mais falsas no samba-tango de brasileiros, argentinos, uruguaios, coreanos, espanhóis, chineses e todos os tipos de piratas dos quatro cantos do mundo.

A palavra *"hermanos"* é pronunciada nesse chão num tom tão cordial quanto falso. Essa zona de convergência de interesses latino-americanos é um lamaçal com poucas virtudes. Diplomatas, políticos bolivarianos e contrabandistas de todos os tipos nadam ali de braçada.

Johnny Aspicuelta seguiu à risca os planos para a abertura de uma *joint-venture,* nome em inglês capaz de transformar qualquer parceria comercial em negócio da moda. Sede em Asunción.

Ponto perfeito para pouso e decolagem de produtos importados e fraudes alfandegárias. Lugar cuja travessia terrestre é feita por uma ponte com o nome de Amizade, pela qual trafegam ondas de muambeiros menores. Porta preferida pelos fabricantes asiáticos para embarque de eletrônicos clonados ou recauchutados, usando camelôs que oferecem uma garantia muito especial aos consumidores de Sampa na rua Santa Ifigênia: "la garantia soy yo."

Dormonil pilotava os passos de Johnny como se tivesse um joystick remoto nas mãos. De vez em quando visitava a suíte do hotel onde mandou hospedar o microempresário *argentino--brasileño" com* duas motonas à disposição pra dar mais credibilidade à história toda.

Percebendo a perplexidade cada vez maior de seu personagem, volta e meia Dormonil, isto é, Da Silva, aparecia no hotel para dar aulas de história. Mandava ter paciência, deixar de pensar que o mundo gira só em torno de entregas rápidas em cima de duas rodas:

"Quando um garotão sobe na moto pela primeira vez pensa que tem asas", disse ele. "Ninguém tem. Policial é a mesma coisa. Ninguém tem asas."

Balançando com o ritmo autista de sempre, ele sondava a cara e o nível de tolerância do motoboy transformado em ator. Na véspera da viagem da equipe para o Paraguai, Dormonil falou num tom parecido com o do técnico que tenta motivar o Camisa 10 para fazer gols impossíveis e ganhar o ouro olímpico:

"Nunca desisti de ensinar o que significa pensar", disse ele.

Era de novo o historiador que resolveu se transformar em Polícia Federal. Disse que trabalhava com muita gente boa, mas era difícil ensinar o que significa pensar. Pensar significa recordar, mas hoje em dia a memória é uma prisioneira, atrás das grades do tempo presente na tela do celular.

Outros embarcam em jogos vorazes, onde tudo explode. Viver virou Instagram. Quem matou a velhinha? Ninguém responde. Quem é a velhinha? Não existe sentimento de culpa na cara do assassino virtual. Ninguém vê remorso na cara do menor infrator que aprende cinismo vendo os ladrões da merenda escolar na TV.

"Crime não tem mais castigo", disse Dormonil encerrando o discurso em tom de desabafo. "Crime agora é produção pra upload e download."

Johnny, o argentino, o Cachorrão ou quem quer que ele fosse como produto da metamorfose, ouviu tudo em silêncio.

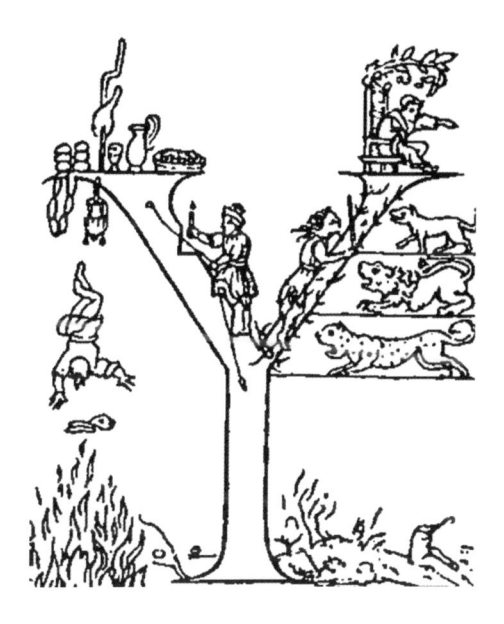

Desta vez percebeu rápido que não estava diante de Dormonil. Estava diante de Da Silva, o "operador do mercado" frio e calculista, fazendo seu papel: treinar um garotão de classe média da periferia para se transformar em cidadão e trabalhar num palco armado com todas as engrenagens do crime e castigo numa guerra de fronteiras. Não tinha saída. Tinha de ouvir e seguir o roteiro escrito.

Dormonil falava mesmo como se somente o historiador estivesse no palco. Não era o mestre da autoescola dando a última aula a um motoboy antes do exame. Não balançou a cabeça no ritmo autista nem rodou polegares como engrenagens hipnóticas. Empurrou uma figura na mão do Cachorrão como o professor que insiste em ganhar a alma de um aluno rebelde, mas mesmo assim capaz de aprender. A figura era uma árvore em forma de Y com duas categorias de pessoas tentando escalar cada lado.

"A vida é como esse Y que Pitágoras usava pra conversar com os discípulos", disse Da Silva. "Escolha. Tem um lado fácil e outro cheio de tigres e espinhos. A recompensa de quem sobe pelo lado difícil é a sabedoria. Sampa é parte de uma guerra global e a vida é como esse Y. A cidade, o Estado e a Nação dependem da escolha de TodoMundo. Quando a maioria escolhe o lado fácil, o fogo do inferno e da luxúria cresce lá embaixo e vai devorando aqueles que caem."

O Cachorrão olhou calado durante um bom tempo para o Y. Pela primeira vez respondeu o que o investigador queria ouvir. Ia fazer sua parte, qualquer que fosse o preço a pagar, sem esperar nada em troca: só a liberdade para voltar a ser um operário com rodas, levando no baú da moto um pouco mais de sabedoria.

Advogados pilotados por Da Silva trabalhando disfarçados fecharam o acordo de Johnny com os sócios de Lola. Tudo parecia muito, muito real. Tinha chegado a hora da última cartada na Operação Guerra do Paraguai.

O escritório de importação e exportação ia ser inaugurado em Asunción. Os sócios eram os mesmos que estavam na boate e depois no apartamento de Lola. O estado-maior da operação ia se juntar a eles no Paraguai. O asiático ou cocalero sem nome e de olhar frio ia comandar toda a parte internacional das decisões.

Um belo dia, Johnny desembarcou de um avião em Asunción e seguiu sem nenhum erro as falas do *script* decorado. Quase todos que cumprimentou com um aperto firme de mão olharam para ele sorrindo e responderam com a palavra-chave:

"Bienvenido, *hermano*."

# ATO XV
## OPERAÇÃO GUERRA DO PARAGUAI
### OCHO CORTADO MILONGUERO

**V**eja a metamorfose. Olhe de novo pra mim: o motoboy transformado em hermano argentino estava pronto para dançar um *ocho cortado* no tango inventado pelo historiador que se transformou em investigador. Se desse certo, a cúpula da facção criminosa seria capturada, minha inocência seria provada e o nome sairia dos autos do inquérito sobre lavagem de dinheiro e fraudes contra o sistema financeiro. Fim do pesadelo.

Meu papel em Asunción era o de empresário garotão que misturou *business with pleasure* e acabou sendo recrutado por Lola. O argentino ia bancar o parceiro de boa-fé. Ia abrir no Paraguai uma importadora de placas eletrônicas para maquininhas de registro de transações com cartões de crédito e débito do Ali Baba e outros negócios, sem se preocupar com o lado clandestino da mercadoria.

Como o asiático bancava quase tudo com financiamento que dizia vir da China, o argentino tinha pouco a perder. Bom negócio. Dormonil disse que o trio ia repetir o mesmo esquema de aliciamento que possivelmente usou com Lola. Achava que a cúpula da máfia dos cartões ia dar as caras no Paraguai, e então pescava o cardume inteiro. Mandou ter calma. Eram dois dias somente em Asunción.

Dona Maria me deu a bênção antes da viagem. Babbo disse que tudo tem seu preço. O flagrante transportando as maquininhas jogou o Cachorrão no centro de uma guerra não declarada. O motoboy que só pensava nas entregas de luxo nunca poderia entender o palco para onde foi arrastado sem passar pelo caminho do sofrimento, lições de história e acúmulo de conhecimentos que o levou até ali.

Contei a história do Y a meu pai e disse que preferi escalar o lado espinhoso. Vi, pela primeira vez na vida, que ele me olhou com o orgulho do pai gladiador que descobre outro ao seu lado. Ele me disse isto ao pé do ouvido com a voz embolada:

"Agoravocêtambéméééglaaadiador."

Respondi o que veio na cabeça:

"Gladiadores são você, dona Maria e o Nonno. Inventaram um negócio, dão trabalho a um monte de gente. Sou só um aprendiz da diferença entre egoísmo e solidariedade."

Meu pai sorriu, me abraçou de novo e me deu a bênção:

"Então vá. E ganhe de novo a Guerra do Paraguai."

Gladiador ou operário, o Cachorrão agora se sentia pronto pra enfrentar tigres e espinhos e chegar ao topo do Y de Pitágoras. E Lola? As palavras de Dormonil dizendo que ela podia *"não ser tão inimiga assim"* rodavam na cabeça como uma ponte sem cabeceira à vista. Sobrava entre os dois somente o som de uma palavra quase igual em português, inglês, espanhol, portunhol:

"Pasión."

Encontrei com Lola no hotel de Asunción onde fizeram minha reserva. Ela me recebeu no saguão com a eletricidade de sempre:

"Johnny... que bueno. Que prazer ti ver em Asunción."

Parceiros vieram me cumprimentar. Fui apresentado a alguns membros da cúpula da organização no Paraguai. A fachada legal do negócio era a importação de circuitos eletrônicos vindos de algum ponto da Ásia. Poucos minutos depois chegaram os agentes de Dormonil, transformados em atores treinados para fazer o papel de sócios de Johnny Aspicuelta.

Fiz minha parte: abraços, sorrisos, palmadinhas nas costas. Todos tinham participado de várias reuniões de treinamento e decorado a parte na cena.

Um dos meus "sócios" sussurrou ao pé de meu ouvido:

"Perfeito, garotão... perfeito... mas não exagera na alegria. Cara de marginal é falsa e fria."

Fomos para uma sala alugada no hotel onde os negócios seriam instalados provisoriamente. Lá a turma com o olhar de AK-47 apontou para um caminhão no pátio com a carga que ia inaugurar as exportações de placas eletrônicas frias e outros tipos de muamba. Era a primeira de uma série que prometia engordar. Lembrei uma vez mais a definição do Nonno:

"A realidade é uma forma de fantasia que desafia você a dominar sua máscara."

Naquele momento tudo o que eu sentia era aperto no estômago, dor de barriga e necessidade de dominar a máscara. Pior ainda: lembrei da cara de dona Maria num começo de noite, impressionada com as manchetes dos jornais policiais das 7 em São Paulo: menores assassinos – impunidade que estimula a frieza e o crime – adolescente estuprada em matagal – mulher esquarteja marido em condomínio de luxo. Cadáver desovado aos pedaços em Higienópolis. "Quanta coisa não se faz por dinheiro...", diz o comentarista da Record falando com seu cão robotizado. Dona Fá não aguentou, tirou os olhos da tela e perguntou se eu não estava escondendo alguma coisa, quando soube que eu ia para o Paraguai.

Reagi rápido:

"Escondendo o quê, mãe?"

Ela pediu perdão. Aquela nordestina sabia ler sentimentos de culpa, ódio, medo, remorso ou inocência no olhar de qualquer um. E mais ainda no meu, se desconfiasse que tinha caído numa frigideira com o fogo aceso pelo diabo.

Fiquei pensando nos personagens que fui obrigado a inventar e representar sem morrer queimado na fogueira onde a mão do destino me jogou. Tentei afastar a dúvida que dona Fá leu em meus olhos. E se as máscaras fossem mais fortes e dominassem a realidade? Quem pode afirmar com certeza que vai controlar a própria máscara nos engarrafamentos colossais do mapa agridoce de Sampa? Quem pode dizer que não vai algum dia gostar do calor do mal?

O Cachorrão sorriu friamente enquanto assinava os papéis que fecharam o negócio com os parceiros de Lola. Seguiu à risca o conselho que ouviu ao pé do ouvido: ele agora estava do outro lado da Ponte da Amizade, no Paraguai.

Não era mais o mesmo. Cara de político e marginal alegre ou triste é sempre gelada. Bastava lembrar o que via de vez em quando na TV, quando o coral da reportagem armada com microfones-fuzis apontava para a boca de celebridades e marginais famosos em fuga nos corredores da Câmara dos Deputados, arredores dos Palácios e do Senado Federal.

# ATO XVI
# ANNA LÍVIA PLURABELLE NO RETROVISOR
## INTERMEZZO

**S**e algum dia você vier voando baixo ao longo dos velhos rios de Sampa e olhar pelo retrovisor de seu carrão, talvez seja ofuscado pelos faróis de motos lá atrás. Muito mais livres que você, elas irão passar buzinando, roncando e cortando como bisturis o corredor das máquinas.

Faca Amolada inventou, numa das rádios da cidade, um programa chamado *Retrovisor*. Nesse programa não se vê nenhum farol de moto. Você é convidado a olhar para um espelho em que só rolam águas passadas.

O Cachorrão desta história usava um fone de ouvido plugado na *Rádio Trânsito*. Só queria saber de becos sem saída, desvios, sinais novos, ruas intransitáveis. Quando o *Retrovisor* entrava no ar, ele esperava impaciente pela próxima notícia sobre desastres ou pistas bloqueadas.

Com o passar do tempo, acabou cativado pelas histórias do retrovisor. De vez em quando se surpreendia e ria daquele espelho distante. Um belo dia ouviu TodoMundo falando sobre livros que leram e mudaram suas vidas. Alguém falou num romance de James Joyce chamado *Finnegans Wake*, no qual a estrela se chama Anna Lívia Plurabelle. Joyce reinventou a língua inglesa escrita e pouca gente entende a narrativa cabalística dele. A voz no retrovisor sonhava ser como Anna Lívia. Nunca lhe falaram sobre Anna Lívia Plurabelle? Nunca ouviu falar no *Finnegans Wake*? Não faz mal. Veja como a estrela entra gloriosamente no palco de James Joyce:

*"Oh tell me all about Anna Livia! I want to hear all about Anna Livia. Well, you know Anna Livia? Yes, of course, we all know Anna Livia. Tell me all. Tell me now. You'll die when you hear. Well, you know, when the old cheb went futt and did what you know. Yes, I know, go on. Wash quit and don't be dabbling. Tuck up your sleeves and loosen your talk-tapes..."*

*("Oh me conte tudo sobre Anna Lívia! Quero ouvir tudo sobre Anna Lívia. Bem, você conhece Anna Lívia? Sim, é claro, todo mundo conhece Anna Lívia. Então me conte tudo. Conte agora. Você vai morrer ouvindo isso. Bem, sabe como é, quando o velho chapa escafedeu fazendo você sabe bem o quê. Sim, eu sei, vá em frente. Lave logo isso aí e não bobeie. Arregace a manga, solte a língua.")*

Quem descobriu Anna Lívia disse na rádio, num tom meio triste, que mulheres assim só existiam na imaginação cabalística de Joyce e nas águas do velho Tiffey, o rio que serpenteia ao longo de Dublin. O Cachorrão ficou matutando sobre o que ouviu. Quase mandou um WhatsApp a Faca Amolada perguntando se a lenda de Anna Lívia e a história de Lola Carbonell tinham alguma coisa em comum e cabiam no mesmo espelho.

Você ainda não sabe tudo sobre Lola Carbonell, é claro. Vamos em frente. Logo logo vai saber mais sobre a argentina que escafedeu pilotando uma motona ao longo das águas do velho Tietê. Deixe agora ver se leio seus pensamentos:

Suspeito que você quer saber por que diabos as lavadeiras que rolam as mangas, lavam a jato as cuecas cagadas dos maridos e jogam a água do tanque na Guarapiranga deveriam ser como as mulheres do imaginário de Joyce.

Talvez você tenha razão: as máscaras tragicômicas de Dublin e dos dançarinos de tango de Buenos Aires são bem diferentes. Nada a ver com cavaleiros zumbindo em Hondas ao longo das águas fedorentas dos rios de uma cidade com um apelido que mistura samba desconfiado com o cheiro de café puro e forte.

Quem levaria a sério o piloto de uma 125 desembarcando no Viaduto do Chá com gravata-borboleta e *summer* branco para cantar "No llores por mi Argentina"? Ou recitar o trecho de uma Ópera na qual não existem só capivaras mortas na lama das Marginais? Ou jurar que ao lume embriagado do Tietê e do Pinheiros algum dia será possível trocar as capivaras mortas que saem dos esgotos pela imagem de Bartira nua, tomando banho à flor das águas de rios ressuscitados?

O fato é que a alma do Cachorrão nunca nasceria em Dublin. Nem no bairro do Viejo Almacén. Nem na Broadway. Nem em *hashtags* escritas num dialeto paulistano tão cabalístico quanto o inglês de Joyce. Isso pode ter qualquer explicação, é claro. Talvez você diga que Cachorrões são bichos vulgares. Nunca serão super--heróis. E Lola é só mais uma argentina que veio dançar em Sampa com Band-Aid no calcanhar. Além disso, não existe nenhum castelo no alto Tietê parecido com o de Howth, no condado de Fingal, perto de Dublin. Nem piratas lendários como Gráinne O'Malley, que obrigava nobres irlandeses a se ajoelhar e bater continência pra ele. Navegantes matemáticos portugueses e não bárbaros vickings estupradores de irlandesas descobriram São Vicente. Heróis de Sapopemba e Parelheiros não brilham na Broadway. Não passam de faróis no retrovisor de uma caricatura sofrida, desenhada por TodoMundo. Ninguém com nome de família de 400 anos morre no asfalto. Os que morrem são às vezes enterrados como indigentes.

Se é isso que você acha, pense de novo e responda: seu retrovisor está bem calibrado? Ou será que ele depende do Google? Faça um teste: peça ao Google pra definir as luzes no retrovisor ou no radar de Sampa. Duvido que encontre motoboys iluminados pelas luzes da ribalta de Chaplin. Não mande o Google, Chaplin e James Joyce pro inferno só porque os heróis e heroínas deles acham que sabem onde ficam os Jardins de Adão e Eva, falam com Deus e acreditam que Anna Lívia Plurabelle é uma ressurreição cabalística de Shekiná. Você ainda não sabe quem é Shekiná? É o nome da nuvem da glória divina conjugada como palavra feminina no verbo hebraico da Cabala. Em resumo: é uma Superanja.

Querendo se justificar, você diz isto pro seu próprio ouvido: *"ninguém, no batalhão de heróis e heroínas de Sampa que paga o dízimo ao pastor, sai por aí fantasiado de Shekiná ou Metatron. Nenhum Cachorrão pensa em se vestir como Homem-Aranha, jogar um fio mágico e voar com a moto na frente do janelão de Tramontina, virando notícia no* SPTV. *Ou posando para o fone e os fuzis de Ximenes na Rádio Trânsito. Sampa nunca inventou Batmans nem Homens-Aranhas."*

Já que é assim, continue pensando: será que as máscaras trágicas de Dublin, dos dançarinos de tango que ganham uns trocados na noite de Buenos Aires, dos bailarinos da Broadway e Cachorrões paulistanos são tão dissemelhantes? Será que a imagem do herói no retrovisor não depende também do seu olhar?

Super-heróis e heroínas vivem para sempre na memória das cidades quando um olhar cabalístico é capaz de descobrir Barti-

ras à flor do lume triste do Tietê. Olhos sem vida não descobrem Batmans. Nem mesmo se seus marginais forem tão bons quanto o Coringa e saírem por aí explodindo caixas eletrônicos dia sim, dia não. Corações sem solidariedade não veem a caricatura de TodoMundo. Nem verão Shekiná na fêmea de mangas arregaçadas esfregando a roupa suja da casa nas pedras de rios de Sampa que também rolam desde Adão e Eva, como no Finnegans.

Provocado pela história sobre Anna Lívia Plurabelle ouvida no *Retrovisor*, o Cachorrão foi conversar com o Nonno, o avô filósofo italiano. Resolveu catucar a fera com vara curta e perguntou se ele via alguma Anna Lívia Plurabelle no retrovisor de Sampa. O Nonno reagiu desconfiado. "Quem???" Disse que não entendeu a pergunta e tentou desconversar. Depois imitou o ar de tédio de Marcelo Mastroianni na *Dolce Vita* de Fellini e falou num tom de fim de papo:

"Toda cidade tem o retrovisor que merece."

Um olhar de navalha cortou o Nonno na alma. Ele nunca esperou pela curiosidade do Cachorrão sobre a linguagem cabalística de James Joyce. Recomeçou devagar. Disse que quem olhasse pelo retrovisor de Sampa não veria Plurabelles pelo mesmo mo-

tivo que não veria leões do Coliseu comendo cristãos no Itaquerão. Ou Brutus apunhalando César no Maracanã. Ou Augusto se livrando de Cleópatra e Marco Antônio e reinventando o Império. Nero, como você sabe, matou a mãe e a mulher e se suicidou depois de desvalorizar a moeda romana, o denário. Nenhuma dessas figuras pode ser vista no retrovisor do Pacaembu. Em compensação, as putas de Brasília não ficam devendo nada a Messalina, que reinou em Roma nos tempos de Cláudius.

Quem não conhece alguma Messalina casada com um ladrão que rouba o empréstimo consignado dos funcionários públicos e diz que isso é um dízimo sagrado? Pela mesma lógica, Berlusconi não precisa ensinar aos ladrões da CBF como fazer uma parceria lucrativa com os ladrões da FIFA.

O Cachorrão respondeu com uma boa gargalhada às divagações do avô italiano, mas continuou com a navalha no olhar.

A essa altura da história talvez você queira, Faca Amolada, tirar os cordões deste libreto da mão do motoboy e do avô italiano dele. Por que não escrever uma ópera tipo pé no chão só com os paulistanos quatrocentões? Bastaria dizer que a Estrada

de Santos não tem nada dos caminhos milenares de Dublin e a argentina que se escafedeu não tem nada de Plurabelle. Legiões romanas nunca cruzaram a mata atlântica. Em compensação, Anna Lívia nunca saberia dançar tango como Lola Carbonell ou sambar como a porta-estandarte da Vai-Vai. Além disso, a Cracolândia pode produzir imagens mais cruéis no retrovisor que leões comendo cristãos no Coliseu.

Percebendo a navalha ainda aberta no olhar do Cachorrão, o Nonno resolveu levar a conversa a sério. Começou com um *"Va bene..."* Disse que ninguém precisa ver Dublin no retrovisor de Sampa. Basta o esplendor da mata atlântica. Quem quiser ver sangue aqui não precisa de vikings nem gladiadores no espelho. Joyce morreu de úlcera no estômago e ia vomitar se soubesse que teve antepassados antropófagos. No Brasil ninguém vomita só porque a trisavó índia comeu um pedaço do filé frito na brasa com a carne de um padre chamado Sardinha. Foi uma vingança justa contra jesuítas que ouviam confissões de gente com mau hálito, colocavam a hóstia consagrada na língua de invasores brancos da floresta tropical e abençoavam TodoMundo.

"As máscaras do bem e do mal são indiferentes à língua falada do palco", disse o Nonno pigarreando. "Olhando pelo Retrovisor de qualquer país você verá sempre a mesma espécie humana. Mário de Andrade ia concordar. Só não vá sair por aí dizendo que os cartolas do Corinthians e do Palestra Itália roubariam melhor se falassem italiano e espanhol como a turma de Berlusconi ou do Barça. Nem vá imitar aqueles atletas olímpicos americanos que quebraram um posto de gasolina, mijaram na rua e mentiram em público falando inglês."

Já que as máscaras do bem e do mal são indiferentes à língua falada no palco, deixe James Joyce em paz. Esqueça Anna Lívia Plurabelle e a velha Dublin. Pense numa Shekiná brasileira pilotando motonas na estrada. Nunca viu as *Ladies of the Road* que rodam roncando em bandos? Olhe bem pra elas. Veja as máscaras que usam. Guerreiras Olímpicas da Zona Leste, como Miranda, podem ser mais fortes e misteriosas que Anna Lívia Plurabelle. Olhe

de novo e deixe pra lá essa bobeira de tentar transformar o Tietê no rio do velho Joyce, que se foi com sua úlcera no estômago.

Saiba agora porque o Cachorrão quase "siferrou", caindo numa tocaia armada por demônios e bruxas que infestam o Facebook de Sampa.

O plano de Da Silva (nome real de Dormonil, lembra?) funcionou. A cúpula da quadrilha das maquininhas de contrabando e clonagem de cartões foi desbaratada no eixo Rio-São Paulo-Asunción.

Caminhões carregando maconha, coca e muamba eletrônica foram apreendidos na BR-116. Só a conexão do contrabando asiático escapou da rede. O líder evaporou no espaço paraguaio, uruguaio, colombiano ou boliviano, para onde vão carros roubados e de onde vêm carretas e mulas com toneladas de contrabando pro Brasil. Alguns policiais resmungavam como podiam, riam e diziam:

"Bons tempos aqueles da primeira Guerra do Paraguai. Chineses tão chegando. Bolivianos, coreanos e colombianos vêm aí com escala nas boates de Punta del Este. Tudo era mais fácil quando Sampa só tinha índios, portugueses, imigrantes italianos, árabes, alemães, japoneses."

Da Silva chamou o Cachorrão com urgência antes de autorizar a divulgação de uma nota para a imprensa sobre o sucesso da Operação.

Empurrou o *press release* que ia distribuir aos jornalistas na mão do motoboy e disse secamente:

"Leia."

O Motoboy leu e sentiu um nó na garganta. Dormonil deu as palmadinhas habituais no ombro do Cachorrão, Pluto, Sampa ou qualquer que agora fosse seu nome detrás da máscara. Disse que forçou a entrada dele no palco para provar a uma categoria inteira que a solidariedade é melhor que a solidão. Só fez isso porque percebeu o talento de um ator que podia ajudar os "operadores" do lado do bem. Devia contar sua história aos outros.

Com a máscara de Da Silva no rosto, Dormonil abraçou o Motoboy e sussurrou no tom de confissão ao pé do ouvido de um discípulo diplomado com louvor:

"Pensei que descobrir um motoboy da periferia de Sampa capaz de usar a máscara de um argentino-brasileño era missão impossível até pra Tom Cruise."

Comédias e tragédias não dependem do palco. O Cachorrão estava livre. "Se quisesse descobrir o resto do drama ou da comédia que foi obrigado a representar, seria melhor procurar Lola", disse Da Silva, deixando claro que não podia ajudar. Lola foi aconselhada a sumir por uns tempos num programa de proteção de testemunhas. Se quisesse ir atrás, daria a ele a mesma proteção que ofereceu a ela, até a poeira baixar. Só ele mesmo podia puxar o resto do fio da meada e descobrir como a argentina entrou e saiu do caso. O Cachorrão agradeceu e recusou. Ia voltar a ser quem era: um simples motoboy capaz de usar a própria imaginação. Quem ia achar que detrás da figura desengonçada de um motoboy com o apelido de Sampa ou Formigão algum dia existiu um argentino imaginário chamado Johnny Aspicuelta Gardel?

O Nonno gostava de repetir que nada é impossível. Algum dia você imaginou James Joyce tocando violão em Dublin? Não duvide. A rua da velha Dublin que aparece ao fundo é real. Foi montada lá atrás para que você possa ver o velho chapa tocando seu violão no ambiente de onde saíram todas as máscaras que ele descobriu em seu *riverrun*. Isto é: no "rioquerola" passando por Adão e Eva e, aos trancos e barrancos, nos leva com vícios e virtudes, guerra e paz, às águas da baía de algum mar.

Se James Joyce conhecesse o Tietê e o Pinheiros, teria de repensar a abertura do *Finnegans* e do rio que tornou famoso. O "rioquerrrrola" em Sampa é mais criativo. Aqui as águas começam a correr para o mar de costas para ele.

# ATO XVII
# PALCO E MAESTRO
## RICERCARE

**A**ha! Com seus olhos de ferro frio ou faca amolada você começa agora a atravessar o túnel da dúvida sobre minha Ópera, meu libreto, minha máscara, meu retrovisor. Defina isso tudo: é trágico ou cômico? Quem sou eu mesmo? Que metamorfoses vivi fabricadas pela mão de TodoMundo e do destino? Será que existe por aí algum policial criativo, capaz de transformar um motoboy em super-herói, fazer Anna Lívia Plurabelle sambar e uma argentina requebrar melhor do que qualquer cabrocha no Sambódromo?

Da Silva ou Dormonil não surgiram em Nova York ou Dublin, nem nos tempos do Duce fascista que viaja no navio do *Amarcord* de Fellini. Talvez nunca tenham pensado em virar celebridade no palco obscuro de alguma delegacia do Paraná ou de Sampa, ao lado de um pobre rio sem peixes, de vez em quando fedorento, quase moribundo, com águas rolando num pano de fundo político cheio de atores sem nenhum caráter.

Da Silva definiu com precisão seu papel nesse palco: um historiador que virou "operador do mercado do crime e de guerras não declaradas". Foi o maestro que conduziu com perfeição um drama ou comédia capaz de desafiar até o pessimismo do Nonno sobre a qualidade dos palcos de Brasília e das Marginais. O velho chapa olhou de lado encabulado quando ouviu o neto dizer isto sem pestanejar:

"Tragédias e comédias rolam todo dia nas Marginais, Nonno. A gente ganha de alemães e italianos na Olimpíada porque aprendemos a misturar os genes deles e de outros povos com os de índias e índios antropófagos da mata atlântica."

Então, se você também começa a achar que o Cachorrão tem identidade própria, não deve nada a Pluto e não precisa copiar o som das superproduções de Hollywood, e Lola não é Anna Lívia Plurabelle e Sampa não é Gotham. Veja como acaba a Ópera tragicômica de um motoboy à margem das águas fedorentas de seus velhos rios.

Você pode contribuir para definir a alma do mapa de Sampa, isto é, do Cachorrão (ou que nome tenha), e ressuscitar esses rios. Também pode olhar pelo retrovisor sem sair por aí esperando ver George Clooney ou um viking estuprador de lavadeiras tão sexy quanto os que aparecem nas páginas do Finnegans.

Se concordar com tudo isso, diga lá, de novo: como é que você define a alma do animal que ajudou a desenhar? Ela é trágica? Cômica? Tipo bandeirante? Bartira é mais sexy do que Anna Lívia? É uma jabuticaba ou grumixama que só existe no Brasil? Ou é simplesmente patética como os índias e índios que algum dia falaram italiano no palco do Guarani? Quem manipula os cordões do destino ou das tragédias e comédias de uma criatura/caricatura tão grande? Como se chama o grau da crueldade da madame que abandona o cachorrão na estrada da Cobra Pequena, isto é, da M'Boi Mirim, pra ser atropelado? Será simplesmente que a inflação e a cobrança do crédito consignado levaram a grana e a ração acabou? Será que a madame já ouviu alguma vez a letra do Lepo Lepo? Cansou do animal desengonçado que vive quebrando a louça rara da casa, arruinando o tapete persa, cavando buracos no jardim e marcando cada canto com xixi? Ou será que ganhou na MegaSena e sumiu pra não ser roubada?

O Nonno, que além de filósofo era matemático, dizia que tragédias e comédias dependem de um campo de possibilidades e probabilidades. Com certa humildade matemática, ele disse isto ao Cachorrão, olho no olho:

"Tem razão. Palestra Itália não é Coliseu. Começo a achar que as máscaras da *Ópera Sampa* são tão boas quanto as gregas. Dilma é melhor do que Messalina e Agripina, mãe de Nero. Você sabe: Nero assassinou a mãe. Lula entregou Dilma às feras do Coliseu de Brasília. Lula é tão bom quanto o Calígula de Camus. Só falta olhar pro céu abraçado com Chico Buarque, plagiar Camus e confessar seu verdadeiro sonho de poder:

'Eu quero a lua.'

Perguntei com que comédia grega ou romana ele comparava os palcos de Sampa e Brasília. O Nonno desta vez foi claro: Brasília é uma cidade inventada. Por isso mesmo é melhor que qualquer palco grego. As tragicomédias de lá não precisam respeitar as raízes. São fabricadas por senadores que acham que são atores de hospícios sem nenhum caráter, e TodoMundo ri, em vez de chorar. Brasília inventou o assassinato sem sangue e sem cadáver. Reinventou Macunaíma, Hamlet, *Here Comes Everybody* (HCE – Aqui vem TodoMundo) e outros tantos. Sófocles ia concordar comigo. Sócrates ia adorar conhecer esse fenômeno da tragédia sem a máscara trágica. Aposto.

Segundo a teoria do Nonno, as coisas são assim mesmo. Basta um campinho de pelada na periferia pra que alguém defina a arte e a sorte do jogo. O moleque que deu o campeonato europeu a Portugal em 2016 veio da Guiné Bissau. Um goleiro pulou pro lado certo junto com Neymar e os dois ganharam o ouro olímpico no Rio. O melhor jogador do time pode chutar pra fora também: Baggio, herdeiro genético do Império Romano, mandou uma bola por cima da trave, a Itália perdeu e o Brasil ganhou a Copa do Mundo de 94.

O Nonno gostava de dizer que a realidade é uma ópera improvisada num palco de possibilidades e probabilidades. Édipo não existiria sem Jocasta. O teatro de Aristófanes não seria famoso sem as nuvens de Sócrates. Pela mesma lógica, o Brasil será outro se perder a segunda Guerra do Paraguai. Sampa não existe sem seus personagens. O desafio de cada um é atuar sem perder o controle da máscara. E todos passam. O que sobra é o palco. Ontem foi o Coliseu. Amanhã será Brasília ou Sampa. O mapa com a cara de Cachorrão é um palco onde tudo cabe: tragédias, comédias, Édipo, Jocasta, terroristas islâmicos, Pavarotti, Ivete Sangalo, Apolo em carro alegórico da Vai-Vai e até um motoboy super-herói. Anna Lívia Plurabelle seria melhor ainda se entendesse a antropofagia do Nomus Brasilliano e dançasse samba. A glória do palco é feita por TodoMundo. Nisso Joyce tinha razão.

Complexo de Édipo, Jocasta e antropofagia eram demais para a pobre cabeça de um motoboy. Resolvi ser mais simples pensando no campinho onde joguei as primeiras peladas.

Tudo podia ser tão despojado e tão exato quanto aquele campinho na periferia com traves torturadas e tortas. Perto ficava a várzea às vezes inundada pelo riacho que corria ao lado. E a jaqueira enorme na qual a molecada de vez em quando subia pra colher frutas maduras.

Lá longe ficava uma plantação de brócolis, couve ou sei lá o quê. Mundo verde. Quando o riacho transbordava era como se fosse uma cobra gigante, sucuri que engolia a várzea, as bananeiras, o campo, as batatas, brócolis, cenouras, engolia tudo. E não havia mais campo. Só se via a jaqueira e o pau de cima da trave meio curvo, meio empenado. Os âncoras da TV de vez em quando diziam que barracos da vizinhança rolaram ribanceira abaixo arrastados pela lama.

Nesses tempos mais cruéis, como não havia pelada, não havia gol. Se houvesse campo e se houvesse gol, esse gol não seria diferente de outros gols. Talvez o Nonno tivesse razão. Um gol pode ser o resultado de um grande esquema tático, como os gols do Barça. Mas precisa de um artista ou de um trapaceiro pra concluir a cena e, como esses artistas não aparecem na Catalunha, eles importavam dos povos cá de baixo da América do Sul. Só a mão do artista impõe à fantasia do jogo a máscara da realidade: gol. Mesmo que seja com a mão oculta de Maradona. Todo gol tem sabor de trapaça. Gol ou morte, como nos poemas de García Lorca que dona Maria de vez em quando lia pra mim e meus irmãos ao lado da cama: *"y muerto se quedó en la calle con un puñal en el pecho."*

Quando entrei na adolescência, comecei a copiar o estilo gozador do Nonno. Um dia perguntei a dona Maria: "por que o cigano de Lorca não morreu de enfarte?" Ela me respondeu com dois cascudos carinhosos. E eu adorava dona Maria, porque ela lia pra mim ao pé da cama e me ensinou o sabor da poesia. E olhando pro céu quando anoitecia, eu pensava no enorme e caótico caldeirão de estrelas que pesava sobre minha cabeça e sobre aquele pedaço da várzea na periferia e aquela trave empenada. E tudo parecia eterno.

E era o caos. E do caos nascia um gol. E o gol era a arte. E a arte era a máscara da vida e da morte. E o Cachorrão latia como um lobo diante de uma Lua redonda, azul e completamente surda. E perguntava à Lua: por que você não ouve meu uivo desesperado?

Que artista seria eu com minha coleção de lembranças, dividindo o espaço da enfermaria de um hospital cheia de outros motoqueiros mutilados e gemendo por perto, sangrando e esfacelados pelo caos urbano? Como iria esculpir minha última máscara sem nem ser poeta, como diz aquele verso de Caetano sobre a flecha preta do ciúme?

Aha! Quem vai definir a máscara do motoboy e o fim da história dele e de Lola é você, Faca Amolada. Quer descobrir finalmente a história do fim de Lola? Quem não conhece Lola Carbonell? Quem nunca teria ouvido falar em Lola? Lolas e Annas Lívias por acaso não aparecem nas novelas das 8 na TV e no noticiário policial de todas as noites? Motoboys não morrem todos os dias nas ruas da cidade grande como anônimos?

Lembre como este libreto começa: um motoboy caído no asfalto é levado de maca para uma ambulância. Com os olhos fechados ele pensava que estava sonhando deitado num altar, descido de um disco voador. E todos em redor eram arcanjos do Apocalipse ou astronautas.

E assim foi levado numa disparada louca, com todas as luzes vermelhas de uma ambulância piscando e girando e abrindo espaços com o trompete da sirene anunciando que aquela era uma cavalgada de vida ou morte entre as águas do rio e a sala de emergências de um hospital galático. E esse trompete tinha o mesmo timbre e cor do som da ópera encenada todos os dias num palco mal iluminado chamado:

"Drama das Ruas e Corredores Engarrafados na Cidade de São Paulo, também conhecida como Sampa, que nunca será como a Dublin de James Joyce ou a Nova York de George Clooney e do *Good Night and Good Luck*."

Isso parece letra de cordel ou rap? Pode ser. Seria um título bom para uma tragédia grega? O Nonno diria que não: "Não tem simbolismo. Não é shakespeariano. Falta *grandeur*."

Mesmo sem a grandeza ou grandeur dos valores literários do Nonno, meu libreto não era uma imitação. Meu destino, como o destino de qualquer outro chapa, era único. Rodeado pela orquestra dos motores e buzinas dos outros carros, meu disco voador ou ambulância corria, voava, abrindo espaços no congestionamento eterno de Sampa.

Quantos reis dos elfos acompanham quem vai dentro de uma ambulância? Você nunca foi conduzido por uma ambulância transformada em disco voador cruzando as ruas de Sampa com elfos querendo levar sua alma? Acha que nunca será?

Nunca ouviu Sarah Brightman contando a história do rei dos elfos na tocaia, à espera daquele que atravessa a floresta no meio da noite na garupa do pai, numa cavalgada louca?

Quantos espíritos dançam dentro dos olhos fechados de quem é levado numa maca? Morrerá? Sobreviverá? E o coração? Terá falência múltipla de órgãos? É vítima de bala perdida? Atropelamento? Espinha quebrada? Tentativa de suicídio? Complicações secundárias decorrentes de prolapso da válvula mitral? Batimento cardíaco falho? Vítima do Zika? Vítima da inflação? Do guindaste que caiu? Ou será mais um motoboy atropelado pelo carrão ou por sua própria imprudência, dizendo simplesmente "adeus, Sampa. Adeus"?

# ATO XVIII

# PAIXÃO À MARGEM DO PALCO

## CANTATA

Esqueça o acidente, a ambulância, o disco voador. Lembre-se: o motoboy da Sampa – Delivery de Luxo foi preso numa blitz da PM porque levava no baú, sem saber, uma carga criminosa de máquinas de clonagem de cartão de crédito.

O tempo passou. A Operação Guerra do Paraguai, montada para desarticular a máfia dos cartões, deu certo. A quadrilha foi rastreada. A cúpula caiu na tocaia armada por um investigador da Polícia Federal chamado Da Silva, que o motoboy apelidou de Dormonil. Um belo dia o motoboy foi chamado ao centro de operações. Da Silva entregou um documento declarando que a ficha da Sampa – Delivery de Luxo, estava limpa. O Cachorrão podia voltar à Night Rod e usar a fantasia que quisesse pra vender suas pizzas, fazer entregas de luxo ou entregar buquês de orquídeas às divas do Morumbi.

Sorrindo pelo canto da boca, Da Silva disse:

"Agora o Cachorrão está livre também pra ir atrás de Lola ou Mimi. Quem será que vai procurar?"

Dava pra perceber o desconforto no olhar do investigador quando disse isso. Da Silva lutava para não deixar o historiador Dormonil que vivia escondido em sua alma contrariar o libreto rigoroso escrito pelo policial. A missão de Da Silva era manter todos os atores dentro da moldura rígida do palco. Dormonil era o lado descoberto pela imaginação do motoboy: uma mistura do investigador do *Crime e castigo* de Dostoiévski com o PM que procurava parecer ser tão frio com os criminosos quanto um operador do mercado.

Querendo ou não, o sorriso mal disfarçado de Da Silva era quase um pedido de desculpas em nome de Dormonil. Ele tinha manipulado o tempo todo o tango apaixonado que o motoboy metamorfoseado em argentino dançou com Lola à margem de seu palco.

O Cachorrão saiu da conversa na delegacia com o papel declaratório da inocência na mão e as palavras de Dormonil na cabeça. O problema era encontrar Lola, que sumiu no ar depois da operação no Paraguai. Mimi desapareceu também.

A primeira pessoa que o Cachorrão procurou quando saiu da delegacia não foi a Argentina. Foi dona Maria. Ela leu o papel, olhou para o filho e disse: "Já sabia. Tava escrito nos teus olhos." Dona Maria, como toda nordestina nascida em terras tão madrastas quanto o deserto do Saara, sabia perceber sentimentos de culpa ou inocência num simples olhar. A geração dela nasceu muito antes do Instagram.

Por isso ainda existem em Sampa seres humanos que não esperam por emojis. São os que ainda sabem ler sinais de remorso, inocência ou culpa num simples olhar. Esses são também os que decifram o silêncio de pedra do muro das lamentações e percebem todas as paixões, amores ou desesperos que rolavam à margem do palco.

Sampa, o Cachorrão, ou que nome tenha, conta assim o que aconteceu depois do abraço e das lágrimas derramadas em silêncio por dona Fá:

Não lembro o que respondi à minha mãe. Lembro que peguei a Night Rod e fui procurar Lola. Dormonil tinha sugerido que eu voltasse a ser quem era para evitar vinganças de possíveis remanescentes da quadrilha. Devia cortar a cabeleira de Cristo, raspar a barba, apagar a imagem do Argentino e voltar a ser o Cachorrão.

Sem a máscara antiga, o porteiro do prédio onde Lola morava não me reconheceu e não quis falar nada. Fiquei sabendo somente que o apê do vigésimo andar estava fechado. Lola sumiu. Gastei dias e noites juntando peças. Consegui arrancar palavras soltas de Dormonil aqui e ali e finalmente marcar um encontro com um dos investigadores que fizeram o papel de sócios na Operação Guerra do Paraguai. Seria só para comemorar, num bar de motoqueiros. O investigador que aceitou o convite sabia o que eu queria ouvir. Veio preparado, talvez escalado para contar o que Da Silva, por mais frio que fosse, não teve a coragem de dizer, ou não quis confessar.

"Lola colaborou com Da Silva e foi treinada por Mimi durante quase toda a montagem da Operação", disse ele, medindo as palavras e evitando olhar nos meus olhos.

Não sei que cara fiz ouvindo aquilo. O Nonno ia ter dificuldade pra definir a máscara do meu rosto. Talvez não existisse máscara igual nem nas melhores comédias gregas, e menos ainda no HCE do *Finnegans Wake*.

Imagine você agora, com seu olhar de faca amolada, tudo que passou pela minha cabeça. O túnel das bruxarias que me engoliu não tinha nada do túnel das maravilhas de Alice.

Quem era Lola afinal de contas? Uma grande atriz? Ou alguém que também me amou desesperadamente, e foi obrigada a desempenhar um papel no palco porque caiu numa tocaia? Qualquer que fosse a resposta, fomos dois mentirosos atuando dentro e fora do mesmo palco, com falas decoradas e outras tantas fabricadas pela mão do destino. Dançamos como inimigos.

O investigador foi generoso e tirou todas as minhas dúvidas. Contou que a crise na Argentina no tempo dos Kirchner desempregou um bocado de engenheiros de computação. Alguns foram pra Miami. Outros, sem tanto fôlego financeiro, vieram atrás de oportunidades em São Paulo. Naquela época as coisas no Brasil estavam melhores. Muitos venceram.

Lola era uma boa programadora. Cansou de trabalhar no Centro de Processamento de Dados de uma empresa de grande porte e abriu um escritório de software, programação e design. Numa tarde qualquer de tédio resolveu brincar de hacker. Entrou num site do governo e enfiou uma caricatura na página inicial, com Dilma cochichando ao pé do ouvido de Lula:

"Cara, você é gênio. Armou o circo do Mensalão, Petrolão, triplex no Guarujá, Sítio em Atibaia e quem vai siferrar sou eu."

A PF descobriu o computador invasor e abriu um processo que terminou rendendo alguma glória para Lola no meio dos hackers. Junto vieram os patrulheiros do governo nas redes sociais e a pressão para cassar o passaporte e entregá-la à polícia argentina. Lola morria de medo de cair na mão da turma que matou um investigador das pedaladas dos Kirchner.

Um belo dia apareceram no escritório dela duas pessoas com fardas de oficiais da PM do Rio, propondo um acordo. Prometeram limpar a ficha dela se colaborasse num trabalho de desmonte de lavagem de dinheiro em comunidades dominadas por traficantes. Disseram que precisavam de um bom programador. Alguém que tivesse a mesma habilidade de um hacker pra montar tocaias.

Lola aceitou entusiasmada. A operação começou com a clonagem de maquininhas de cartão de crédito pra distribuição em pontos estratégicos perto de favelas. O pessoal do Rio cuidava das máquinas e Lola do programa rastreador das operações, senhas e número de cartões de crédito. Com o passar do tempo, ela deixou de ser chamada à delegacia.

A promessa foi cumprida por causa de alguma articulação ou, simplesmente, devido ao bom comportamento. O fato é que o processo parecia engavetado.

Aos poucos, porém, as encomendas de clonagem de maquininhas começaram a crescer e Lola desconfiou. Resolveu rastrear as imagens gravadas dos intermediários que vieram fechar os acordos com ela. Descobriu, com a ajuda de outros hackers, que os dois que se apresentaram como PMs do Rio foram afastados da corporação e sumiram. Ela só conseguia falar com o trio de representantes que vinham pegar as maquininhas e patrulha-vam seus passos.

Esse trio era o que apareceu na boate, depois no apê de Lola e mais tarde entrou no negócio da abertura do escritório no Paraguai. Lola, em resumo, ficou refém de marginais que montaram um esquema falso de operações financeiras, pendurado numa organização mafiosa com uma conexão asiática falsificadora de cartões. Quando ela descobriu que saiu de um buraco cavado por pura diversão e caiu em outro sem fundo, já era tarde.

O negócio foi se complicando cada vez mais e tomou um rumo sinistro, considerando o perfil e a pressão dos intermediários. Os três eram bem diferentes entre si. O primeiro dizia que o sonho dele era ir morar na Síria e aparecer na mídia degolando jornalistas capitalistas.

O segundo dizia que não gostava de métodos terroristas porque inocentes podiam morrer. Mas mesmo assim era um black bloc e quebrava tudo que podia durante manifestações. Aquele, sim, era um bom negócio: não precisava de capital, contribuía para desmontar a máquina mercantilista da "elite" e ainda permitia levar de graça todos os brinquedos eletrônicos e eletrodomésticos tirados de vitrines arrombadas.

O terceiro talvez fosse o ideólogo do grupo. Jurou que mandava uma parte da grana gerada pelo negócio das maquininhas para o tesoureiro de um partido político comprometido com a melhoria da renda na periferia. Segundo ele, "Roubar não faz mal, se os fins justificam os meios. O Partido queria criar um mundo mais justo".

O asiático sumiu quando o grupo foi desbaratado. Devia ser o operador nos bastidores da muamba que entrava no Brasil pelo Paraguai. Não falava nada: parecia que tudo o que sabia fazer era escutar e sorrir. Ninguém nunca conseguiu encontrar todos os rastros dele nem descobrir a nacionalidade. Não deixou pistas, a não ser as de um cartão de crédito do Alibaba, cujas contas foram todas pagas por uma empresa fantasma com sede na Bolívia.

O agente que passou o recado de Da Silva não contou nada além disso, nem deu pista nenhuma do paradeiro de Lola. Disse somente que conheceu a Argentina quando ela procurou a divisão de investigações criminais comandada por Da Silva por sugestão de Mimi.

Muito antes disso, as empresas prejudicadas pela clonagem de cartões tinham pedido a abertura da investigação. Promotores e policiais fizeram um trabalho conjunto no eixo Rio-São Paulo, e foi desse trabalho que o Cachorrão participou, sem saber exatamente qual era o papel de todos os atores no palco.

Lola colaborou contando o que sabia e ajudou a articular a Operação Guerra do Paraguai. Ganhou em troca um programa de proteção e uma ficha definitivamente limpa. Como a conexão asiática do esquema de contrabando nunca foi descoberta, Lola achou melhor aceitar o programa de testemunhas armado por Dormonil.

E sumiu.

O agente que contou a história saiu da mesa com uma frase curta:

"É isso aí, garotão. Te cuida."

Saiu sem olhar pra trás. Era o mesmo que funcionou como sócio de Johnny Aspicuelta e ensinou ao Cachorrão como é que um marginal sorri. Sozinho na mesa do bar, o motoboy da Sampa, ex-argentino", agora sem nenhum papel no palco, engoliu em seco. Dessa vez entendeu todo o significado da pergunta que ouviu de Dormonil:

"Já se apaixonou alguma vez pela inimiga?"

# ATO XIX

# ECOS DAS MARGINAIS

## IMPROMPTU

Quando me tiraram da ambulância e levaram para a sala de emergências de um hospital, vi e ouvi de novo a máscara branca de um astronauta curvada sobre mim. Dentro do pesadelo ou do mundo real, a máscara disse:

"A notícia ruim é que vamos ter de te operar, cara. Tem fratura exposta. A notícia boa é que aquele colete protetor de coluna do programa do Datena e o capacete de titânio te salvaram. Vai doer. Você vai sofrer, mas pode nascer de novo."

A coroa de luzes enorme suspensa pelo disco voador ou a mesa de operação apagou aos poucos. O disco voltou a flutuar com o zumbido das asas de milhões de abelhas e sumiu no espaço, levando com ele as máscaras brancas. Quando saí das trevas e voltei a abrir os olhos, estava engessado numa cama de enfermaria.

Dona Maria Farinha segurava minha mão sentada ao lado, parecendo a *Pietá* de Michelangelo com Cristo no colo. Durante horas e dias dona Fá veio e ficou ali, esperando minha ressureição. Fez o tempo passar contando e recontando todas as histórias que eu já sabia sobre o trisavô português que casou com a trisavó índia caçada no mato, a mistura da família com os italianos, a pizzaria, a clientela, os motoboys e o gênio explosivo de meu pai, comandando o negócio como se fosse um legionário romano. E o Nonno dizendo que a pizzaria não teria crescido tanto sem o tempero nordestino de Maria Farinha, quem ele também chamava de Maria Bonita, mas sem deixar o detalhe do tempero baiano vazar para a clientela.

Segundo o Nonno, pizza não combina com farinha de mandioca. Dona Maria ria das explicações do Nonno e dava o troco: pizzas não desabrocham na seca como flores de mandacaru ou versos de cordel. Pra se redimir, de vez em quando o Nonno homenageava a culinária e a filosofia dos nordestinos, dizendo que dona Maria Farinha era uma cangaceira capaz de reinventar qualquer pizza. Mesmo que fosse uma pizza Platônica e principalmente se fosse uma Calabresa, que pode ficar melhor ainda com outros tipos de pimenta. Dia sim, dia não, dona Fá vinha me contar mais um acesso de raiva do Babbo contra fiscais e cobradores de taxas e impostos, dizendo que o Brasil era a pátria do pixuleco. Nem *impeachment* curava. Depois levantava as mãos pro céu bendizendo a terra onde ganhava o pão. E lembrava que a máfia nasceu na Itália. Nero inflacionou Roma e quebrou o denário. Romanos destruíram Cartago e agora pagavam os pecados com outra invasão de africanos. E a Síria foi uma colônia grega destruída por lutas internas e invasões árabes. E ladrão por ladrão, pixuleco por pixuleco, propina por propina, nunca trocaria Sampa nem por Roma nem por Lisboa nem por Paris etc., etc.

Estirado engessado naquela cama, ouvi essas e muitas outras histórias alegres e tristes, rindo dos fantoches de dona Maria Farinha. Passei a chamar minha mãe de Maria das Dores e das Alegrias. Ela vinha sempre que podia porque sabia que o Cachorrão estava só, miseravelmente só, com um policial da divisão de proteção de testemunhas por perto. Quando dona Fá saía, o Cachorrão voltava a ouvir somente os ecos perdidos e os gemidos de outros que caíram em tocaias e iam morrer ao seu lado.

Agora é hora de você ficar sabendo como acaba a história da caricatura que atravessa veloz a esquina da Paulista com a Con-

FOTO DO AUTOR

solação e tantas outras esquinas cheias de grafites lembrando a vida e a morte.

Alguns cortam os corredores das Marginais achando que ouvem a orquestra dos motores de carretas e caminhões em tom de Réquiem: a marcha fúnebre das águas do Tietê e do Pinheiros.

Outros descobrem que, de vez em quando, a mesma orquestra monumental de máquinas e pilotos entoa, também, um canto de esperança e de ressurreição.

As águas dos rios que correm aqui se arrependem de dar as costas ao mar. Renascem lá na frente num mapa gigante chamado Brasil. E cumprem o destino de todas as águas: se transformam em oceanos cheios de cargueiros, com todas as riquezas que vieram buscar no outrora glorioso porto do café de Santos e em outros deste lado do mundo.

# A HORA DO DIABO: BRUXAS ESFOLANDO JAVALIS EM HAMLET

## CHE FACESTE? DITE SU! HO SGOZZATO UN VERRO. E TU?

**D**eitado na cama da enfermaria do hospital, a dor maior que eu sentia não vinha da armadura de gesso cobrindo ossos quebrados e feridas no corpo. A dor maior vinha do vazio deixado por Lola. Uma flor feiticeira passou boiando no lume do velho Tietê, sequestrou minha alma e talvez não voltasse nunca mais. Um belo dia fechei os olhos, como se fosse possível manipular o câmbio de marchas na moto e pilotar dentro das nuvens de um sonho.

Me vi numa das margens do velho rio vestido a rigor para um tango, com barba de roqueiro e cabelo longo. Do outro lado, Lola dançava com sua máscara. O sonho virou pesadelo. Lembrei de uma passagem do *Hamlet* que o Nonno leu pra mim e meus irmãos: começa com uma bruxa contando a outra que esfolou um javali. Pobre Lola. Nunca foi bruxa nem feiticeira, nem esfolava javalis.

Lola simplesmente pagou mais caro pra se livrar dos demônios que espalham tocaias no caminho de TodoMundo em Sampa. Só ela sabia que eu também me escondia detrás de uma máscara. Mesmo assim, correu o risco de me pegar pela mão e levar para seu ninho na torre. E cada vez mais me amou e arrastou a máscara de seu falso Johnny para um furacão de prazeres. E dançou, e dançou, e dançou, e cantou aquele tango do raio misterioso que cruza um céu cheio de estrelas ciumentas em qualquer lugar. Podia ser o céu de Sampa. Podia ser o de Buenos Aires. E até mesmo o céu de Dublin:

*La noche que me quieras*
*Desde el azul del cielo*
*Las estrellas celosas*
*Nos mirarán pasar*
*Y un rayo misterioso...*

Lola cantou "La noche que me quieras" como se fosse o eco de "Por una cabeza", o tango cuja letra conta a história de uma farsa numa corrida de cavalos.

Perdoei a traição de Lola. Eu também fui um traidor. Éramos dois. Nunca consegui deixar de me perguntar por onde ela andava e em que caminhos misteriosos se meteu.

Entendo sua pressa, Faca Amolada. Você quer fatos. Quer que lhe diga por que o motoboy da Sampa – Delivery de Luxo se es-

tatelou no asfalto. Por que pilotava a Night Rod como louco num corredor de caminhões da Marginal. Vou lhe contar então como foi a hora do diabo:

Lembra de Anna Lívia Plurabelle e do velho chapa do *Finnegans Wake*? Vou dizer tudo que você quer saber sobre Lola. Prometo não sair por aí derrapando e copiando Joyce ou as bruxas do *Hamlet* de Shakespeare. Em homenagem aos personagens do *Finnegans* e do *Ulysses,* vou dizer somente que este é o *recometfinis* da história do Motoboy e Lola Carbonell.

Tudo recomeça e tudo tem um fim, e desta vez o diabo e as bruxas levaram a melhor. Eles não existem, mas a mãe natureza deixa que infestem o Facebook de nossa imaginação como mentiras eternas. Eis então meu *recometfinis*:

A Operação Guerra do Paraguai acabou, e com ela sumiram as máscaras que tive de usar. Depois de muitas tentativas frustradas para descobrir Lola, lembrei de repente das Ducatis. Liguei pro representante da marca no Brasil, gastando todo o estoque da língua italiana que aprendi com o Nonno. Chutei que queria trocar a Night Rod por uma Ducati parecida com a Diavel Dark de Lola.

Quando você fala italiano com imigrantes que não esqueceram a língua nativa, e diz que quer trocar uma Harley lendária por uma Ducati, alguns soltam foguetes. Ficam eufóricos, começam a falar sobre Dante Alighieri, recitam de cor alguns versos da *Divina comédia* e falam até das glórias do Império Romano. Por isso usei todo o meu estoque de italiano.

Perguntei por Lola Carbonell. Foi ela quem me fez entender o espírito das Ducatis. Todos ali certamente conheciam Lola Carbonell. Quem não conhecia Lola Carbonell? Todo mundo devia conhecer a argentina. Mostrei fotos das *Ladies of The Road*. Inventei que era uma velha amiga com quem saía como aqueles casais tipo *Easy Rider* que você vê na estrada em fins de semana ensolarados, desfilando em motonas com seus amores na garupa. O gerente da loja respondeu em italiano. Falou sobre a cidade calabresa onde nasceu. Comentou com orgulho que Pitágoras também viveu lá. Eu lá queria saber de Pitágoras. Me desculpei e Insisti: só queria saber do paradeiro de Lola.

"Si, si", disse ele entusiasmado. "Todos ali conheciam Lola Carbonell. "Quem não conhecia Lola Carbonell? Todos os chapas da oficina conheciam. Um dia ela trouxe até um aparelho pra regular a música do zuuuuum do escape da Ducati, medindo a frequência da onda sonora com um sintonizador Korg. Louca. Disse que tocava violino ladino e um cano de escape dela gerava a mesma onda da nota LA (A4) vibrando na base de 440Hz com timbre de Sax Baixo. Todo mundo achou que estava mentindo, mas ela era programadora e sabia matemática. Se mentisse ia parecer uma uma fadinha envergonhada. Sabia limpar válvulas, mexer em bico injetor, calibrar ignição, compasso dos cilindros, recarregar baterias, ajustar a boia do tanque de combustível pra evitar desvio no marcador, calcular torque, exigir a melhor tala larga com faixa branca para a roda traseira, e tudo isso e muito mais.

Lola Carbonell brincou de piloto de prova na categoria feminina durante algum tempo e dirigia Ducatis com mais pique e garra que muitos garanhões competidores em Interlagos. Bulia com eles dizendo que nunca iam saber como é que se acelera uma guerreira. E todos riam olhando para a borboleta azul tatuada na nuca e a outra no peito, de onde o dono da oficina não tirava o olho:

*"Ma che belissima tattoo, che seno, che pettone."*

Fiquei sabendo pelos mecânicos que Lola passou uns tempos sumida, mas tinha ligado recentemente para a oficina perguntando se podiam fazer uma troca de pastilhas de freio. Ela costumava aparecer aos sábados pela manhã.

Durante vários sábados fiquei rondando as Ducatis, copiando Bruno, o cachorrão farejador. Discutia modelos, esgotando a paciência dos vendedores com cálculos e mais cálculos do preço à vista ou financiado, tudo pra ganhar tempo. Se Lola aparecesse num sábado qualquer, eu estaria lá.

E então, numa manhã de sábado de céu cinzento e leve, com aquela tênue garoa bem paulistana antecedendo o azul que devia

abrir mais tarde, segundo a moça do tempo, ouvi o ronco de uma máquina estacionando no pátio da oficina.

Conhecia aquele ronco. Uma cabeleira de mulher esvoaçava atrás do capacete. Nunca vou saber se era Lola ou alguma bruxa que veio me esfolar como o javali do *Hamlet*. Quando me viu, baixou a viseira. Meteu o dedo instantaneamente na ignição, fez quase um cavalo de pau e deu uma meia-volta estridente derrapando o pneu traseiro. Sumiu roncando, como se tivesse mudado de ideia sobre entrar na loja. Pulei na Night Rod e fui atrás.

LADIES OF THE ROAD (HOG DE SÃO PAULO) CHEGANDO A EVENTO NO SAMBÓDROMO. FOTO DO AUTOR.

# ATO XXI
# CAÇADA, TOCAIA E SURPRESA

## AH, L'INFERNO IL VER PARLÒ!

**N**ão lembro quantos quilômetros voei na Marginal engarrafada, nem quantos corredores de carretas cortei como bala atrás de bala. Fiz tudo que não se deve fazer tentando alcançar alguém. A bruxa ou demônio que pilotava a Ducati fingindo ser Lola me arrastou para a tocaia: trocou da pista expressa para a local num segundo e sumiu. Freei e tentei voltar pelo acostamento. Um carro me pegou de lado e esse é o *recometfinis* da história que você já conhece: Ah! o fogo do inferno falou. Ouvi a gargalhada das bruxas.

A grande nuvem cinza derramou outra lágrima de sangue no palco da Marginal. Perdido no Facebook dos demônios, ouvi o zumbido das asas de 1.500 abelhas. Depois vi o disco voador flutuando acima do asfalto. O inferno estava mais cheio do que cela de traficantes em Bangu, não gostou da cara inocente do motoboy e me cuspiu de volta. Luz. O arcanjo do Apocalipse testou meus reflexos: sangra, mas está vivo. Vi seu olho de faca amolada

atrás da câmera, armas fuzilando minha boca, e ouvi o coral da *Ópera Sampa: comééseunoooome?*

Saiba agora como a ópera acaba. Numa dessas tardes que parecem eternas, quando a nuvem vira chumbo e ameaça sufocar TodoMundo, lá estava eu estirado numa enfermaria. Quilos de gesso e pinos preguiçosos de titânio soldavam meus ossos. O hospital abriu janelas por causa de uma pane na linha da energia suburbana e no ar-condicionado. O PM do programa de proteção de testemunhas sumiu. Foi beber água na sala ao lado, ou se encostou perto de um ventilador.

De repente, vindo de alguma nuvem tão misteriosa quanto a de Beatriz na *Divina comédia*, uma enfermeira com asas de anjo e máscara pousou ao meu lado. Pedi pra tirar a roupa por causa do calor. Ela arriou as cortinas em torno da cama. Fiquei de olhos bem fechados e me entreguei tão surpreso e nu quanto a figura alada quis para satisfazer o prazer erótico de escorregar a mão com óleos e unguentos em minha pele. Ela perguntou pelo significado de cada tatuagem oculta no meu corpo. E me viu por inteiro. Um grafite do tamanho do mapa do Cachorrão.

Nada me impedia de imaginar quem estava detrás daquela máscara. Não pensei em Lola. Não eram as mãos dela. Lembrei dos lampejos bem escondidos de paixão à primeira vista nos olhos de Mimi, a Policial Federal fantasiada de *personal trainer* que produziu minha metamorfose. Os braços fortes e morenos eram os mesmos da guerreira que me ensinou a dançar tango com a inimiga, com o rigor da atleta a quem só interessam a virtude e a solidariedade que levam ao ouro olímpico.

No fim dos rituais de carícias e prazer, ela me aplicou uma injeção, dizendo que era antibiótico. Depois abriu as cortinas e sumiu. Pensei nas histórias de suspense policial: podia ter recebido a injeção fatal. O último tiro. Afinal de contas, foi assim que eu, Mimi e Lola nos encontramos: armados. Adormeci lentamente.

Não morri depois do passeio dos lábios e da língua da guerreira sobre minhas tatuagens e meu corpo todo. De olhos fechados, me entreguei por inteiro ao suave suspirar daquela figura alada sem nome, e ao tremor de todas as carícias. Desde então, passei a pensar somente na mulher que me fez sair da casca do ovo e dançar um tango apaixonado, mesmo que fosse com a inimiga. Perguntei pelo nome verdadeiro de Mimi. Antes de sair ela sussurou sorrindo em meu ouvido: "Tenente Shekiná. Guerreira da Zona Leste."

A eternidade de meu sonho sedado, surpresa ou alucinação, acabou. A máscara da última guerreira que me amou desesperadamente sumiu. O que é real?

Agora você pode olhar pra mim, Faca Amolada, sem ver cicatrizes. Sampa. Eu, como realmente sou. Nu. Grafite com o falcão de uma das minhas tribos no peito, dragões, sol, cavalos alados e o arcanjo com asas enormes tocando a trombeta do Apocalipse. Pele gerada por um gladiador romano e uma cangaceira chamada Maria Bonita, bronzeada pelo sol do Nordeste. Como será mesmo meu nome verdadeiro? Qual será o RG desse grafite infiel à geometria sagrada? Perto do coração dele, tatuada numa mensagem suave de macho dominador à fêmea dominadora, está escrito isto em forma de frágil colar:

*Altar dos Desejos.*

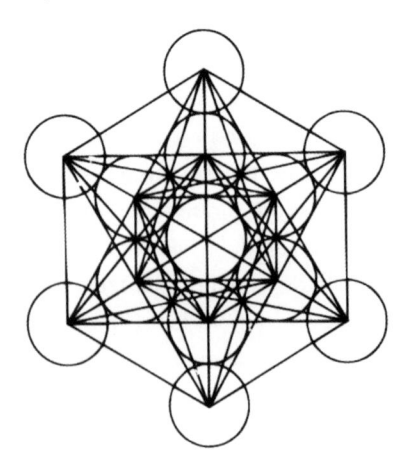

# ATO XXII

# GUERREIRAS DA ZONA LESTE

## CAVATINA

ha. Parece que só agora você se lembrou de perguntar pelo meu RG. Já que é assim, diga aí, Faca Amolada: pra que servem os RGs? Chegamos até aqui navegando entre a fantasia e a realidade e você me conheceu como Cachorrão, Sampa, Formigão, Pluto, Scooby Doo, Johnny Aspicuelta, argentino de araque, filho de dona Maria, neto do Nonno, motoboy da Sampa – Delivery de Luxo.

O que será real no altar da solidão monstruosa de quem cai no asfalto ao som de todas as trombetas, réquiens e cavatinas da *Ópera Sampa*? Não será meu RG igual ao de todos os outros cavaleiros e cavalheiros velozes que você vê rodando por aí? Não serão todos simples operários na guerra do dia a dia, pilotando rocinantes com rodas, uns prudentes, outros imprudentes, saídos de casa de manhã cedo para cumprir ordens, cavalgando como loucos contra o tempo e o vento? Por acaso não é ela, a cidade, a fantástica fábrica fumegante e solidária de onde saem todas as encomendas?

Talvez o RG que você procura seja apenas a alma-máquina gerada pelo procriador e o útero do mapa. Agora você vê. Agora não vê mais a caricatura do reprodutor ou da fêmea dominadora que construíram Sampa. Alma grande e desengonçada, gorda ou magra e faminta, bela, feia, rica ou pobre, nobre ou bestial e voraz, solidária ou solitária. Volta e meia cavando buracos pra esconder seu estoque de alimentos básicos: um simples e miserável osso branco. Nada diferente das barrinhas de cereal, chicletes e Tic Tacs apregoadas por camelôs ao custo de 1 real nos vagões da CPTM de Itaquera-Guaianazes-Poá-Estudantes e outras linhas. Lembre: esse osso pode provocar um assalto só porque parece um sinal de status plugado no ouvido de alguém: um iPhone da Apple, um Samsung ou qualquer clone asiático. Soberbos passaportes para o WhatsApp e o mundo digital dos bancos.

Ou será que essa alma pertence àquele outro Cachorrão: o metalúrgico que controlava braços mecânicos no ABC e acabou de perder o emprego pro similar *made in China* por escravos robôs? Ou ao poodle fantasiado de motogirl com cestinha cheia de flores pedalando pra lá e pra cá debaixo do Minhocão, pensando que Higienópolis tem uma rua com antiquários iguais aos de Amsterdam? Ou ao dog alemão que patrulha arredores do Sopão da Ceasa? Ou a um simples vira-lata perambulando pelas ruas de Sapopemba, com tranças rastafári, cantando "Lepo Lepo" e "Chuá Chuá"? Tudo é real. Nada é real. Nem mesmo o Tempo, que às vezes passa sem pressa nenhuma, outras vezes é tão rápido quanto o ralo do empréstimo consignado, por onde escorre velozmente todo o seu saldo bancário.

Muitos preferem ignorar sua parte no desenho da cara de To-doMundo. Poucos descobrem a caricatura. Ignoram o giz solidário que carregam na própria mão e se absolvem dos estupros, pecados, tiros e facadas no coração do mapa. Outros vestem a melhor roupa, vão levantar os braços nos domingos para os pastores e declaram sua fé no para-brisa do carro. Tudo é

"Presente de Deus."

Já que Deus pode dar tudo, por que você não pergunta meu nome a ele? Ficou na dúvida? Vamos lá: vou tirar a máscara do Cachorrão que olha sozinho pro teto da enfermaria de um hospital da periferia. Sente ao meu lado. Ouça os gemidos daqueles que vão morrer. Eu sobrevivi.

Minha máscara geme em silêncio com o punhal da dor de todos os erros cravada no peito. A solidão dói tanto quanto o arrependimento pelas loucuras no trânsito, achando que era dono do asfalto, dando um chega pra lá no carro da chefia, das madames e de quem mais bloqueasse meu corredor canibal cheio dos demônios do Facebook da *Divina comédia*. Todos rindo.

Outras dores se somam ao sabor amargo do adeus aos ventos velozes do asfalto. Lola e Miranda sumiram e isso deixou um vazio enorme. Talvez Lola volte à torre na Berrini, leve como a borboleta tatuada na nuca e a arma engatilhada na mão. Parei de pensar nela quando a imagem de Miranda, a guerreira que me ensinou a dançar com a inimiga, ressuscitou na memória. Espero que Mimi reapareça algum dia ao meu lado. Sonhei que voltaria com asas brancas, tiraria a máscara de Shekiná e me diria ao pé do ouvido:

*"Da Silva te ensinou a solidariedade. Eu te ensinei a dançar com a inimiga. Agora cê pode vir pros braços da Guerreira da Zona Leste."*

Nada é impossível no Rodoanel de uma cidade com rios que nunca serão como o Tiffey de Dublin. Nem haverá lavadeiras na beira da Guarapiranga falando sobre Anna Lívia Plurabelle. Pobre Dublin. Lá não voam borboletas azuis, nem existem mulheres como as que me ensinaram a dançar os passos mágicos dos *ochos* de um tango.

Anjas do Apocalipse continuam rodando por aí livres, fagueiras e dominadoras como a Beatriz de Dante, a Alice do País das Maravilhas ou a Mafalda de Joaquín Salvador Lavado Tejón – o Quino. Algumas tatuam na pele a Mônica da turma de Maurício, vassouras de Malévola, figuras de Angeli na *Folha*. Outras voltam ao palco como Mulher Gato e tiram um sarro de Batman. Que diferença faz? Lola foi simplesmente a inimiga com quem dancei um tango sob a luz cruel do palco da *Ópera Sampa*, treinado por uma Guerreira da Zona Leste com alma de Shekiná. Tudo é possível. Quando me ouvia falar isso, Lola olhava pra mim, piscava e respondia com um sorriso doce e cruel:

*"Si. Todo es possible. Yo lo creo como si fuera verdad."*

# ATO XXIII
# GRAFITE DA ÚLTIMA VIAGEM

*ITE MISSA EST*

Q uando fiz 8 anos, o Nonno me convenceu a ser coroinha jurando que ia aprender latim fácil fácil e tirar dez na escola. Fui. Estudei rituais da missa, Quaresma, Carnaval, Cinzas, Sábados da Sinagoga, ramadã das mesquitas. Depois as ruas e a mãe natureza me diplomaram com louvor.

Jacarandás florescem no altar do asfalto. Ipês resistem às trovoadas de verão. Memórias flutuam como barcos de papel no lume das águas mortas do Tietê e Pinheiros. Tudo passa e tudo renasce na terra roxa molhada. E quem nos acolhe? O enorme grafite com a caricatura de Sampa, esculpido e violentado por machados bestiais. Desenhado pelo giz e a navalha na mão de TodoMundo que corta ruas, avenidas, becos, vielas, estradas marginais, veredas visíveis e invisíveis. Todos se embriagam com as cinzas das chaminés que ainda sobraram no velho ABC, depois da invasão dos robôs chineses, mas ainda sentem o cheiro da mata atlântica e ouvem a orquestra dos pássaros e o grito dos falcões.

Na periferia da cidade construída por todas as raças e Todo-Mundo, o blog da Sampa – Delivery de Luxo saiu do ar. Babbo, meu pai, achou melhor voltar ao negócio bem-sucedido do Nonno: pizza e frota de Motoboys para entregas rápidas. Nada de luxo. Marketing com pé no chão.

Dona Maria concordou. Mantendo o farol baixo por uns tempos, a vida talvez voltasse mais rápido a fluir como antes no fim de linha daquelas bandas de casas baixas, tão dissemelhantes do colar dos espigões de concreto do centro. O tempo podia semear o esquecimento do Cachorrão da Sampa – Delivery de Luxo na memória de bruxas e demônios.

Quando falava nisso, dona Maria Farinha lembrava um ditado espanhol: *"Más sabe el diablo por viejo que por diablo."* O ditado era bom, segundo ela, mas só ficava perfeito se levasse uma pitada de seu tempero baiano: "Mais sabe o diabo porque é velho do que porque é o diabo. A gente só salva a pele se for solidário e forte. Diabos são fracos e covardes."

Segundo a teorida dos demônios do Facebook de dona Maria, velhos podem ser sábios, valentes e solidários. Demônios são velhacos, cruéis e oportunistas. Por isso nem olham pras pizzarias que não espalham no ar o perfume dos temperos da tentação. Mesmo assim, ela acreditava em bruxarias e dizia que nem tudo acaba em pizza com o diabo no meio. Qualquer coisa com um cheirinho de coentro, cominho ou manjericão capaz de atrair o olfato das bruxas pode acender o fogo do inferno.

Dormonil tinha outro tipo de demonologia: diabos gostam mais de carne morta e sangrenta na brasa do que de pizza. E não são só velhos: são adolescentes também que brotam das raízes do mal plantadas por aí afora. "Esqueça os emojis inocentes", dizia ele. Ao longo das noites de tiroteio em Guaianazes ou Vila Sônia, viu bruxas e bruxos velozes, cruéis e cheios de truques. Quando a operação paraguaia acabou, Dormonil veio uma vez ou outra à Pizza AD'Oro sem a farda de Da Silva, e sempre se despedia do Cachorrão dizendo: "Coragem, garotão. Tribos que descobrem a solidariedade são capazes de inventar super-heróis."

Aos poucos sumiu. Com certeza continua caçando demônios encapuzados que assaltam lava-jatos urbanos, suburbanos, nacionais ou multinacionais, reinventam o cangaço, estouram caixas eletrônicos, matam por prazer, saqueiam a Petrobras, vendem a alma do Corinthians aos chineses, a do Santos ao Barça e adoram apagar Borba Gatos.

Se a teoria de dona Maria estivesse certa e a covardia política fosse igual à dos diabos, legítimos Borba Gatos jamais seriam vencidos. As tribos que eles espalham por aí se encaixam direitinho no Y da sabedoria e no blá-blá-blá filosófico de Dormonil sobre cidadania e solidariedade. Essas tribos são ossos duros de roer. Dona Maria dizia que um Borba Gato vencedor tem de ser astuto e descobrir como ganhar corridas em cima de duas rodas, sem achar que tem asas ou é o dono do asfalto.

O fato é que, por preguiça ou covardia, ou porque todos aprenderam a lição e começaram a virar Borba Gatos solidários na periferia, os diabos e as bruxas deixaram a Pizza AD'Oro em paz. E tudo voltou a prosperar como antes.

O Nonno, que tinha uma veia satírica cruel, sabia ser cafona de propósito. De vez em quando transformava as teorias de dona Maria Farinha em desenhos no cardápio da Pizza AD'Oro. Embaixo da foto de Borba Gato, ao lado de uma moto, um dia ele escreveu isto: *Se tivesse Harleys naqueles tempos ele não andaria a cavalo.*

E foi assim, com o humor e a coragem da tribo, que a vida voltou a fluir naquelas bandas. Quando as águas subissem, o campinho das possibilidades e probabilidades entre duas traves ia sumir. Não haveria mais peladas, pelo menos até o fim das trovoadas de janeiro, fevereiro e março. Quando as enxurradas passassem e os barracos desmoronados voltassem a ser erguidos nas encostas, todos iriam se queixar do Estado. Ninguém ia se lembrar do pacto

que fez com demônios grileiros das beiras de rios e vendedores de lotes com esgoto jogado na margem das represas.

Como as trovoadas acabam e as águas de janeiro, fevereiro e março apagam até o fogo do inferno, no veranico de maio o campinho das possibilidades e probabilidades iria reaparecer.

E a bola outra vez iria rolar e passar como bala por baixo da trave torta, sem rede e sem sentimentos de culpa ou pecado pela lama e o lento assassinato do rio e das águas dos mananciais.

Bela trave torta. Trágica, soberba, magnífica. Plantada sobre três paus cambaleantes, mas pronta para emoldurar a estética e a arte suprema do gol genial, ou de pura sorte, de todas as peladas na periferia. Em seu silêncio, ela diz somente isto: assim somos todos nós.

# ATO XXIV
# CARTA DE ADEUS DO NONNO
## KYRIE ELEISON

**N**onno resolveu viajar para a Toscana. Veio se despedir de mim depois do acidente. Não mostrou nem um pingo de dó quando me viu dentro da armadura de gesso. Já esperava por isso. Falou bastante, mas foi embora com uma frase curta:

"Adeus, menino. Tomara que se lembre por que a missa tem o *Kyrie Eleison* (Senhor, tende piedade de nós.) Viu como é fácil ir pro céu em cima de duas rodas?"

Nonno viajou num transatlântico ancorado no porto novo do Rio, fazendo de conta que era o mesmo do *Amarcord* do filme de Fellini, todo iluminado. Disse que ia visitar a casa de Pitágoras na Calábria. Depois ia rever uma *formella* de Brunelleschi em Florença com o sacrifício de Isaac, dos tempos em que a arte na cidade avançava para o futuro, em vez de assassinar o presente. Queria ver também a Sinagoga de Portugal e dos Spinozas, pra tentar entender por que os rabinos condenaram um filósofo que sabia conversar com a mãe natureza.

Talvez fosse a Dublin atrás de alguma lavadeira capaz de contar tudo sobre Anna Lívia Plurabelle e as relações de amor e ódio com os ingleses. Morreu com 101 anos, sem realizar todos os sonhos. Meu pai disse que ele era como certos tipos de peixe: foi tentar descobrir a cabeceira do rio de suas origens para morrer. Parece que quis voltar. Reconheceu, tarde demais, que a verdadeira cabeceira de seu rio era Sampa: a terra que o acolheu e deu vida nova, num desses ciclos de miséria e guerras de fronteiras que volta e meia se repetem na Velha Europa, sabe-se lá por quê.

Antes de morrer, o Nonno escreveu uma carta para o *nipote (neto) rebelde* pedindo à dona Maria para *"ler e obrigar o cara a ouvir"*. Era um blá-blá-blá com hora e endereço certos, escrito num papelzinho amarelado pelo tempo tirado do fundo de algum baú. Colou de propósito uma de suas vinhetas tão óbvias que até viciados em emojis entendiam. Uma mulher faz o papel da riqueza da alma do chão da fábrica de Sampa e olha para a figura de Pégaso Alado numa antiquíssima moeda grega.

A imagem da mulher foi copiada de algum almanaque e montada com o gosto do Nonno pela sátira sem sutileza. Minha mãe, que entendia a filosofia do Nonno mais que o Babbo, acha que ele não morreu triste. Partiu como viveu: otimista, empreendedor, cantando como num filme de Glauber Rocha:

*Te entrega, Corisco...*
*Eu não me entrego, não.*

Viajou veloz para a eternidade em sua bicicleta alada. Foi atrás de amigos que nunca pôde ver na Terra, como Pitágoras, Sócrates, Platão, Dante, Fibonacci, Bach, Gauss, Spinoza, Shakespeare, Riemann, Einstein, Joyce, Confúcio. E brasileiros que passaram pela Pizza AD'Oro e partiram antes, como Glauber, João Ubaldo, Tom Jobim, Sônia Coutinho, David Salles, Anísio Spínola Teixeira, Lina Bo Bardi e outros tantos. Veja a carta que escreveu:

Caríssimo Cachorrão,

*Um dia você me perguntou se Sampa seria capaz de inventar um super-herói motoboy. Primeiro achei graça. Depois parei pra pensar: como é que nasceu a alma de Batman, Malévola, Super--homem? Quem cria mesmo um super-Herói?*

*Achei a resposta nas ruínas do Coliseu: o imaginário do herói gladiador nasceu ali. Povos preguiçosos não criam nada. Copiam. Artistas também não criam: descobrem. São navegantes capazes de descobrir o que TodoMundo tem ou pode ter em seu Imaginá-rio. Nova York "é" Gothan. É a alma imaginária de todo mundo de Gothan que gera um Batman ou um Coringa.*

*Saí do Coliseu olhando pro passado e pro presente. A Bolsa Família amoleceu o espírito dos romanos, e eles jogaram o Im-pério e seus gladiadores no lixo. O vento da história continuou soprando do mesmo jeito, e agora fugitivos de guerras e mundos desmoronados invadem a Europa.*

*O tsunami sírio pode virar onda chinesa no Pacífico e varrer Sampa. Vocês, brasileiros, já estão no meio de uma guerra suja de fronteiras e ainda não descobriram.*

*Aqueles que ignoram a virtude e a solidariedade vão continuar subindo pelo lado fácil do Y de Pitágoras. Pedirão mais favores ao Estado, mais Bolsa Família como fizeram os romanos. Irão coçar o saco fofocando na rede e no ti-ti-ti do WhatsApp. Nunca criarão guerreiros ou heróis.*

*Lembre: caricaturas são como Cartago – somem. Predadores destruirão a Amazônia, tomarão seus campos de petróleo, fontes de energia, giraus, fábricas de café. Até a velha casa de Farinha de dona Maria e os melhores jogadores de futebol irão embora.*

*Traficantes arrombarão fronteiras. Cartéis limitarão o upload e download das nuvens, por onde hoje fluem as novas tecnologias e a educação à distância da garotada.*

*Sua geração só tem uma escolha: a ignorância ou o trabalho associado à sabedoria e à solidariedade. Valorize sua tribo. Se inspire na saga dos bandeirantes. Sem suor, poupança, investimento e cultura, sua avenida mais famosa vai acabar cantando "triste Paulista, oh, quão dessemelhante".*

*Acredito em você. Não desista de virar um Borba Gato na periferia, mesmo que seja só um motoboy. A estátua do vencedor não depende do bairro onde ele nasce. Um paraplégico pode ser um herói tão bom quanto qualquer atleta olímpico. Sua moto pode virar Pégaso, o cavalo alado que transportava Perseu e outros deuses. Quem impede você de transformar um motoboy em Perseu, virar um super-herói cavalgando seu Pégaso de 300 cavalos e sair por aí matando Medusas? Guardei uma das moedinhas mais antigas da minha coleção com a imagem de Pégaso só para um dia lhe dar, junto com esta carta e meu último conselho:*

*Troque o nome da "Sampa – Delivery de Luxo" por "Sampa – Delivery Perfeita". A perfeição é a estrada que transforma a riqueza em virtude. Não existem demônios. Existem o mal ou o bem, e a sabedoria na alma. O luxo é a estrada do fraco que afunda em selfies e atribui o fracasso a bruxarias.*

*Não ache que virei um emoji ou filósofo de botequim depois de velho. Vim tentar descobrir a nascente do rio onde nasci e viajar em minha bicicleta alada na estrada da eternidade. Além do mais, pilotei nas veredas de Sampa e você sabe como é: coxinhas não sobrevivem nesse espaço. Em cima de duas rodas, a lei não é como o Código Penal brasileiro. É dura. E o preço do pecado pode ser a morte.*

*Arrivederci,*

*Nonno*

# ATO XXV

# NOME DO SUPER-HERÓI DA ÓPERA SAMPA

## CANTUS FIRMUS

**A**qui me despeço eu em minha última viagem. Motoboy cheio de cicatrizes no altar de um palco armado à margem do lume alegre e triste do Tietê. Caricatura que você resolveu investigar com o olhar de Faca Amolada: Coméeseunoome?

Pode me chamar pelo nome do super-herói ou heroína da *Ópera Sampa*: TodoMundo. Borba Gato da Periferia. Operário montado em máquinas de 300 cavalos, Pégaso com rodas em vez de asas e patas. Metalúrgico do ABC que cheira a fumaça de chaminés e não perde a alma num balcão político. Caminhoneiro de carretas e cargas pesadas. Bandeirante sem glórias, a quem a dor e o sofrimento ensinam todos os dias a escalar o galho espinhoso da árvore da solidariedade e da sabedoria.

Navegando em minha garupa, você descobriu por que às vezes o que mais importa é a viagem. E viu o giz que leva na mão, além do fuzil que fulmina. Espero que a travessia tenha facilitado a compreensão da parte que lhe cabe no talho de meu rosto, meu mapa, minha caricatura, meu perfil de super-herói ou heroína.

Tão rica e tão pobre. Tão fiel e infiel, veloz e monstruosamente engarrafada. As bandeiras gravadas no capacete são meu RG. Se quiser, use o apelido agridoce que já conhece e assine o libreto da *Ópera Sampa* com o nome guerreiro de

TodoMundo:

Sampa, 2016

P.S.: Talvez algum Cachorrão sorria pra você.

# GLOSSÁRIO

## SIGNIFICADO DE TRECHOS DE ÓPERA, JAZZ, TANGO E MISSAS ROMANAS

***Agnus Dei qui tollis pacata mundi, miserere nobis:*** "Cordeiro de Deus que tira os pecados do mundo, tende misericórdia de nós." Também é parte da missa em latim.

**Barítono baixo:** voz grave masculina capaz de cantar como Baixo (cuja voz alcança a segunda nota FA (F) abaixo do DO (C) central do teclado de um piano, e vai até o FA (F) acima do DO central (C4). É uma voz impressionante, grave e às vezes sombria. Exemplo: Wotan de *A Valquíria*, de Wagner.

**Cantata:** vem do italiano *cantare* como oposto da "sonata" que só usa instrumentos. Pode misturar os dois: vozes e instrumentos.

***Cantus Firmus:*** usado aqui como o canto da Voz Principal.

**Cavatina:** aparece na ópera em cantatas entre trechos falados.

***Chanson D'Amour:*** ao contrário do que parece, as Canções de Amor entraram na música cheias de rituais. São herdeiras das canções de gesta francesas da Idade Média.

**Free Jazz – *Ignore Changes:*** na linguagem do jazz, liberdade para improvisar.

**GarageBand:** é um programa da Apple. Você instala e pode ligar um teclado ao computador. No teclado pode simular qualquer instrumento: violino, guitarra elétrica, saxofone, órgão, piano de cauda etc.

**Impromptu:** Improviso em trecho de música; composição que quer parecer improvisada. Se quiser um exemplo ouça Schubert ("Opus 90/142") ou Chopin ("Opus 66").

**In bocca al lupo:** ninguém diz "boa sorte" ao ator ou à prima-dona que vai entrar no palco. Acham que dá azar. Eles preferem ouvir *"in bocca al lupo"* (na boca do lobo). A resposta é *"crepi"* (morra).

*Intermezzo:* composição musical que pode entrar entre trechos ou atos de uma peça maior.

*Introibo ad altare Dei (ad Deum qui laetificat juventutem mea):* "subirei ao altar de Deus, o Deus que alegra a minha juventude." A frase é usada na entrada da missa em latim. Buck Mulligan, personagem de Joyce em Ulysses, entra em cena fazendo a barba e dizendo *"introibo ad altare Dei"*. Livros de Joyce foram proibidos em alguns lugares por causa da irreverência religiosa de seus personagens. As passagens em latim deste livro refletem a memória do personagem: o motoboy que foi coroinha na infância por insistência do avô italiano. Queria que ele aprendesse latim.

*Ite Missa Est:* literalmente significa: "vá, a missa acabou."

*Kyrie Eleison:* na missa significa "senhor, tende piedade"

*La follia appare:* cena em que "a loucura aparece no palco" (*mad scene,* em inglês). *Lucia di Lammermoor*, de Donizetti, é um bom exemplo.

*Leitmotiv:* motivo ou argumento que se repete no *libretto* ou numa composição musical.

**Libretto (do italiano *Libro*):** Livrinho contendo o texto e informações relevantes sobre o que aparece no palco da ópera. Não é só resumo nem partitura. A relação do libretista com o compositor varia ao longo do tempo.

*Milonguera de Ojos Negros:* Milonga é o lugar onde dançarinos de tango se encontram. Milongueira de Olhos Negros é uma figura imaginária de mulher. O equivalente seria a cabrocha de requebrado famoso do samba de roda, forrós etc.

**Ochos Adelante, Ocho Cortado Milonguero:** "Oitos à frente" são passos básicos do tango argentino. O YouTube está cheio de vídeos mostrando outros tipos além do Milonguero.

**Requiem aeternam dona eis domine:** frase do começo de "Réquiem em ré menor", de Mozart (que não chegou a concluir porque morreu antes). Quer dizer: "Dai a paz eterna a eles, Senhor, e que a luz perpétua os ilumine" *(et lux perpetua luceat eis)*.

**Ricercare:** a tradução exata seria "procurar por" alguma coisa. Na música, um tema é abordado por algum instrumento que imita ou sai em busca de alguma melodia.

**Scherzo, minueto:** trecho ou movimento de uma obra maior com mais vivacidade. Em alguns casos, foi usado como substituto do *minueto*. Se você acha que ópera não combina com samba, veja a letra da marchinha de Herivelto Martins: "Minueto tu és do Municipal / O maior, sem igual / Mas o samba não tem medo só porque / Tu não és, tu não és de carnaval."

# SOBRE O AUTOR

Quando a cidade acorda, os ruídos sobem e aos poucos o som dos motores abafam o grito daqueles que vão morrer em alguma rua, avenida ou estrada. Sampa é assim. Uma ópera tragicômica encenada em motocontínuo. Estatísticas revelam que, em média, dois motoboys morrem ou sofrem acidentes graves no trânsito todos os dias. Qualquer bobeada sobre duas rodas pode ser fatal. *Veloz solidão* passa adiante o que a quilometragem e a observação da Ópera Sampa e de outros lugares ensinaram ao autor. Afinal de contas, Souza Spinola nasceu assim: sua primeira foto, com apenas 1 ano de idade, foi no colo do Pai, Afrânio C. de Souza Spinola, numa Harley bem conservada, daquelas que rodaram na II Guerra Mundial.

O autor viveu em Washington, Moscou, Londres e Bruxelas, trabalhando como correspondente de jornais brasileiros, dentre os quais o *JB* e o *Estadão*, onde foi também editorialista. Cobriu e fotografou as guerras do Afeganistão e Irã-Iraque. Foi membro do Ministério Público e depois abraçou o jornalismo. Dirigiu as áreas de mídia e conteúdo da internet da BM&FBOVESPA, onde organizou um mestrado em Comunicação Financeira ministrado por professores da FIA/FEA/USP. Em 1999, foi condecorado com a Medalha Machado de Assis pela Academia Brasileira de Letras. De novembro de 2016 a janeiro de 2017, promoveu uma exposição no Centro de Educação para América Latina e Caribe (CVM/OCDE). Batizada como Alma Educadora, a exposição pretendeu demonstrar como é possível melhorar o ensino de matemática no Brasil usando música e história financeira.

# CRÉDITOS DE IMAGENS

© **SHUTTERSTOCK**

Capa, pp. 1, 2-3, 4-5, 6-7, 8-9, 10, 11, 16-17, 18, 19, 20, 24, 31, 36, 38-39, 43, 46, 50, 51, 58, 59, 63, 70, 75, 76-77, 81, 85, 86, 90-91, 95, 96-97, 99, 100-101, 105, 112, 113, 117, 118, 122-123, 125, 127, 132-133, 134, 136, 141 (adaptada), 142, 146, 151, 152, 155, 157 (adaptada), 158, 159, 161, 164, 170-171, 172-173, 174, 175, 180, 181, 184.

© **ISTOCK**

Pp. 80, 162-163.

**OUTROS ACERVOS**

**P. 22:** "[iluminura da edição da Divina comédia]", século XIV, Biblioteca Trivulziana.

**P. 60:** "New York and Brooklyn Bridge: Promenade", George P. Hall, c. 1898, Library of Congress.

**P. 62:** "[Federico Fellini, half-length portrait, facing slightly right]", Walter Albertin, 1965, Library of Congress.

**P. 107:** "[Marginal Pinheiros, São Paulo]", Autor desconhecido. Esta obra está licenciada com uma licença Creative Commons Atribuição CC0 1.0 Universal (CC0 1.0) Dedicação ao Domínio Público, dispo-

PROJETO GRÁFICO, DIAGRAMAÇÃO,
TRATAMENTO DE IMAGENS E PESQUISA
ICONOGRÁFICA COMPLEMENTAR
**VICTOR BURTON**
**ANDERSON JUNQUEIRA**

CIP-BRASIL. CATALOGAÇÃO NA PUBLICAÇÃO
SINDICATO NACIONAL DOS EDITORES DE LIVROS, RJ

---

S741v

Spinola, Souza

Veloz solidão/Souza Spinola. – 1ª ed. – Rio de Janeiro:
Record, 2017.

184 p.: il.; 21 cm.

ISBN: 978-85-01-11037-4

1. Ficção brasileira. I. Título.

---

17-40052                    CDD: 869.3
CDU: 821.134.3(81)-3

Texto revisado segundo o novo Acordo Ortográfico
da Língua Portuguesa.

Direitos exclusivos de publicação em
língua portuguesa para o Brasil adquiridos pela
EDITORA RECORD LTDA.
Rua Argentina, 171 – 20921-380
Rio de Janeiro, RJ
Tel.: (21) 2585-2000

Seja um leitor preferencial Record.
Cadastre-se e receba informações sobre nossos
lançamentos e nossas promoções.

Atendimento e venda direta ao leitor:
mdireto@record.com.br ou (21) 2585-2002

Impresso no Brasil
2017

EDITORA AFILIADA

ESTE LIVRO FOI EDITADO NA CIDADE DE SÃO SEBASTIÃO DO RIO DE JANEIRO NO VERÃO DE 2017. O TEXTO FOI COMPOSTO EM GOTHAM, CORPO 8,5/14. A PRIMEIRA IMPRESSÃO SE DEU SOBRE PAPEL OFFSET 90 G/M² NA GRÁFICA STAMPPA.